DE LA

CLOTURE DE LA SESSION PARLEMENTAIRE

ET DE

Son Influence sur l'Œuvre Législative

DE LA

CLOTURE DE LA SESSION PARLEMENTAIRE

ET DE

Son Influence sur l'Œuvre Législative

PAR

JEAN REYNAUD

Avocat à la Cour d'Appel d'Aix

Docteur en Droit

AIX-EN-PROVENCE — IMPRIMERIE TYP.-LITH. P. POURCEL
40, Cours Mirabeau, 40
—
1909

BIBLIOGRAPHIE

ANSON. — *Loi et pratique constitutionnelle de l'Angleterre. Le Parlement.* Trad. C° Gandillon, collect. Boucart et Jèze, Giard et Brière, Paris 1903.

AULARD. — *Histoire politique de la Révolution française.* Paris 1907.

Annales de Législation étrangère.

BARTHÉLEMY. — *Introduction du régime parlementaire en France sous Louis XVIII et Charles X.* Giard et Brière. Paris 1904.

BERTON. — *Evolution constitutionnelle du second Empire,* 1900.

BLOCH. — *Le Régime parlementaire en France sous la troisième République.* Th., Paris 1905.

BONNEFON. — *Le Régime parlementaire sous la Restauration.* — 1905.

DARESTE. — *Les Constitutions modernes.* — 2e édit., 1891.

DUGUIT. — *Manuel de Droit public français.* — I, *Droit constitutionnel* — Fontemoing, Paris 1907.

DUGUIT et MONNIER. — *Les Constitutions de la France depuis 1789.* — Paris 1898.

ESMEIN. — *Eléments de Droit constitutionnel français et comparé*, 3e édition, Paris 1903.

DE FRANQUEVILLE. — *Le Gouvernement et le Parlement britanniques*, Paris 1887.

JANNET. — *Les Etats-Unis contemporains ou les mœurs, les institutions, les idées depuis la guerre de la sécession*, 3e édit., Paris 1877.

JEFFERSON. — *Manuel de pratique parlementaire.* — Trad. J. Delpech et A. Marcaggi. — *Annales des Facultés de Droit et des Lettres d'Aix*, tome I, ann. 1905, fasc. 2 et 4.

Journal Officiel.

LABOULAYE. — *Histoire constitutionnelle des Etats-Unis*, Paris 1870.

LEFEBVRE. — *Etudes sur les lois constitutionnelles de 1875*, 1 vol , Paris 1882.

MANCINI et GALEOTTI. — *Norme ed usi del Parlamento Italiano*, Roma 1887.

MASSON. — *De l'obstruction parlementaire.* Th , Toulouse 1902.

MATTER. — *La dissolution des Assemblées législatives*, Paris 1898.

MAY (Erskyne) — *Parliamentary pratice* — Londres 1903. Trad. J. Delpech, dans la bibliothèque internationale de droit public, 1909.

MICELI. — *La Chiusura della sessione parlamentare e i suoi effetti giuridici*. (Ann. de l'Université de Pérouse 1895, neuvième série, vol. V, fasc. 2, 3, 4).

MONTESQUIEU. — *L'esprit des lois*, Paris 1874.

Moniteur Universel.

MOREAU. — *Pour le régime parlementaire*, 1903.

MOREAU et DELPECH. — *Les règlements des Assemblées législatives*. Collect. Boucard et Jèze, Giard et Brière, Paris 1906.

OSTROGORSKY. — *La démocratie et l'organisation des partis politiques*. C. Lévy, Paris 1903.

PETIET. — *Le pouvoir législatif en France depuis l'avènement de Philippe-le-Bel jusqu'en 1789*, Paris 1891.

PIERRE. — *Traité de Droit politique électoral et parlementaire*, 2ᵉ édition, Paris 1902 et sup. 1906.

PIERRE. — *Politique et Gouvernement*, Paris 1896.

PRÉVOST-PARADOL. — *La France nouvelle*, Paris 1868.

Revue des deux mondes.

Revue du Droit public et de la Science politique en France et à l'étranger.

Revue politique et parlementaire.

REINACH. — *De l'Etat de Siège*, Paris 1878.

THIERS. — *Histoire de la Révolution française.*

THUREAU-DANGIN. — *Histoire de la Monarchie de Juillet*, Paris 1892.

TOCQUEVILLE. — *La Démocratie en Amérique*, 16ᵉ éd., Paris 1874.

INTRODUCTION

On peut définir la session d'une assemblée législative, l'intervalle de temps pendant lequel cette assemblée exerce les pouvoirs en vue desquels elle a été constituée. Or, une assemblée législative peut être permanente ou simplement périodique : dans le premier cas, elle fixe elle-même la date et la durée de ses sessions ; dans le second elle doit attendre, pour siéger régulièrement, que le pouvoir exécutif lui en ait donné l'ordre, et c'est également le pouvoir exécutif qui interrompra ses travaux. Le mot session, pris dans un sens large, s'applique indifféremment à l'une et à l'autre de ces hypothèses ; pris, au contraire, dans un sens plus restreint, il ne s'applique véritablement qu'à la seconde. Il importe de bien établir cette distinction : l'assemblée permanente a, par le seul fait de sa réunion, le droit d'exercer la puissance législative : l'assemblée périodique, au contraire, n'exerce ce droit qu'autant qu'elle a été régulièrement convoquée par une volonté indépendante de la sienne : l'ouverture de la session implique pour elle le droit de légiférer, mais une fois cette session close, elle aurait beau se réunir, elle ne serait plus qu'une agglomération sans force et sans autorité.

La question de la permanence des assemblées législatives a fait de tout temps l'objet de sérieuses discussions ; mais il faut reconnaître que ce principe, battu en brèche par de nombreux publicistes, a été rejeté par la grande majorité des Etats, et cela avec raison, croyons-nous.

Le principal argument sur lequel se fondaient autrefois les partisans de la permanence consistait dans une interprétation stricte du principe de la séparation des pouvoirs. Un pouvoir, disait-on, ne doit pas avoir le droit d'empiéter sur le domaine du pouvoir voisin, sinon le plus fort absorbera l'autre et l'on retombera alors dans le césarisme ou dans la démagogie. Ainsi, en permettant au pouvoir exécutif de convoquer, de proroger et de dissoudre les assemblées parlementaires, on lui permettrait de s'immiscer dans les droits du législatif et par le fait de paralyser son action.

On est revenu aujourd'hui sur cette interprétation. On pense avec raison que si les pouvoirs publics d'une nation doivent être séparés, ils ne doivent pas être isolés. Il faut qu'il existe entre eux des modes de pénétration réciproque, et c'est cette pénétration qui, précisément, assurera le bénéfice de leur séparation.

« La séparation complète, écrit Bluntchli, dissoudrait l'unité, romprait le corps social. Les membres du corps physique, quoique distincts, sont liés entre eux. L'Etat, de même, exige division et liaison des pouvoirs ; il ne comporte pas leur séparation. Il faut donc à la fois unité de la souveraineté et division des organes d'après les fonctions ; division relative et non séparation absolue. »

Et M. Charles Benoist, à qui nous empruntons cet extrait, ajoute en le commentant :

« Il faut que les pouvoirs soient, non point séparés jusqu'à se contrarier l'un l'autre, mais divisés pour ne pas se confondre et liés pour ne pas se neutraliser. Il faut que ce soit des pouvoirs coopérants et dont l'indépendance n'aille pas jusqu'à l'isolement, mais néanmoins indépendants, et il importe, comme l'a dit Washington, que les hommes qui participent aux affaires publiques d'un pays libre restent toujours strictement dans leur compétence et se gardent d'empiéter sur celles d'autrui ; car il est aussi nécessaire de retenir les pouvoirs dans leurs bornes que d'établir ces bornes mêmes. » (1)

(1) CH. BENOIST : Le pouvoir judiciaire dans la démocratie. *Revue des Deux-Mondes*, 15 octobre 1899.

Il est inadmissible, en effet, que dans une grande nation, les pouvoirs dont la raison d'être est de concourir à la grandeur et à la prospérité commune, se désintéressent chacun des actes qui ne les concernent pas directement. On soutient difficilement que le Parlement n'a rien à voir dans l'interprétation donnée par le Pouvoir exécutif aux lois régulièrement votées ; ce contrôle s'exercera par la responsabilité politique du ministère. (1)

D'autre part l'Exécutif doit avoir à certaines époques le droit de proroger ou de dissoudre les assemblées parlementaires, quand ces mesures sont nécessaires pour ramener l'ordre ou pour donner à la marche des affaires une impulsion plus vive, et plus d'unité dans la direction. Tel est le véritable sens du principe de la séparation des pouvoirs.

L'on se basait également chez nous, pour soutenir la thèse de la permanence, sur le fait que les premières assemblées nationales françaises n'étaient point soumises à la convocation et à la prorogation, mais fixaient elles-mêmes la date et la durée de leurs sessions. Cela est vrai. Mais la plupart de nos premières assemblées nationales ont été des assemblées constituantes, réunissant en elles tous les pouvoirs ; il était donc logique qu'elles ne fûssent

---

(1) Barthélemy : *Le pouvoir exécutif dans les Républiques*, 1906, p. 14.

soumises qu'à une convocation et à une prorogation émanant d'elles seules. D'ailleurs, au début de notre histoire constitutionnelle, les esprits étaient hantés par le souvenir de l'absolutisme royal, et la permanence de l'Assemblée paraissait être le contrepoids nécessaire à l'omnipotence du monarque. Il n'en est plus de même aujourd'hui, où le régime parlementaire fonctionne à peu près dans tous les pays civilisés. Or, le régime parlementaire ne se conçoit qu'avec des assemblées périodiques, quelle que soit d'ailleurs la forme du gouvernement.

« Les Assemblées, écrit M. de Marcère, aiment à siéger parce qu'elles se persuadent aisément qu'elles sont indispensables... Et que peut-on faire quand on siège ? On fait des lois sans relâche, on se mêle de la politique incessamment, on s'entremet dans tout. On n'a plus le temps, même en y consacrant l'année entière, de faire tant de choses ; tandis que si on se renfermait dans sa fonction, qui est de voter le budget annuel sur les propositions du gouvernement, de seconder celui ci et non de l'affaiblir en l'entravant, on aurait tout le temps nécessaire dans la limite constitutionnelle. Et le pays y trouverait un grand avantage : son gouvernement pourratt suivre en paix et avec méthode un plan conçu d'après ses besoins et ses vœux, et si ses ministres ont des vues et de la science gouvernementale — ce qu'ils ont toujours — le progrès qu'on se plaint de ne pouvoir réaliser se fera presque tout seul. » (1)

Ces observations sont rigoureusement exactes. Dans un pays parlementaire, la périodicité des assemblées, et partant, le droit pour le gouvernement d'interrompre le travail législatif, sont les seuls moyens de rétablir l'équilibre entre les différents pouvoirs. On ne saurait nier, en effet, que de nos jours, les assemblées électives prennent une importance et acquièrent une autorité toujours plus grandes, surtout dans les pays où fonctionne un régime démocratique, et que par conséquent pour assurer l'indépendance du chef de l'Etat, et pour affermir son action, il est indispensable qu'il soit en son pouvoir d'agir sur le Parlement.

« Le corps législatif ne doit point s'assembler de lui-même, dit Montesquieu,... que s'il avait le droit de se proroger lui-même, il pourrait arriver qu'il ne se prorogerait jamais, ce qui serait dangereux, dans le cas où il voudrait attenter à la puissance exécutrice. » (2)

En effet, comme le fait très justement remarquer M. Ch. Lefebvre, « la permanence des assemblées est mauvaise et pour le gouvernement, qu'elle énerve en usant son temps et ses forces en de per-

---

(1) DE MARCÈRE : *La Constitution de 1875*
(2) MONTESQUIEU ; *Esprit des lois*, liv. xi, chap, vi

pétuels débats ouverts sur les moindres sujets, et pour les Chambres elles-mêmes qu'elle discrédite, en excitant outre mesure les discussions et les rivalités parlementaires, en poussant jusqu'à l'abus l'initiative des lois et l'ingérence dans le gouvernement. » (1)

Montesquieu avait lui-même posé le principe de la permanence quand il disait :

« Il serait inutile que le corps législatif fût toujours assemblé. Cela serait incommode pour les représentants, et d'ailleurs occuperait trop la puissance exécutrice, qui ne penserait point à exécuter mais à défendre ses prérogatives et le droit qu'elle a d'exécuter. » (2)

De si puissantes autorités et la logique même des choses nous conduisent à repousser la thèse de la permanence.

Comment les diverses constitutions modernes ont-elles appliqué ces principes ? Nous l'avons déclaré dès le début : la permanence du pouvoir législatif a été presque unanimement rejetée. Nous nous bornerons ici à indiquer sommairement les différents systèmes actuellement en usage, nous réservant d'entrer plus tard dans des détails plus précis.

(1) Ch. Lefebvre : *Etude sur les lois de 1875,* p. 171.
(2) Montesquieu : *Esprit des lois,* liv. xi, chap. vii.

L'on peut ramener à deux formes principales les différents aspects sous lesquels on trouve établi le système de la périodicité. Il y a la forme anglaise qui est le système de la périodicité absolue, et la forme française, qui consiste dans une périodicité mitigée, sorte de transition entre la coutume anglaise et la permanence.

En Angleterre, le Parlement doit attendre, pour se réunir, la convocation du Roi qui peut, quand il le veut, l'ajourner, le proroger et dissoudre la Chambre des Communes. Une tradition très ancienne considère en effet les membres du Parlement comme les conseillers de la Couronne ; il est donc logique que la Couronne choisisse le moment opportun pour les appeler autour d'elle. En droit, elle peut ne jamais les convoquer, mais en fait cela lui est impossible, puisque seul le Parlement peut voter le budget. De même le souverain anglais peut, par un seul acte de sa volonté, proroger les Chambres et cela à tel moment qu'il lui conviendra. La conception monarchique française, dans les chartes de 1814 et de 1830, s'inspirait des mêmes principes.

Cette tradition n'a pas été adoptée par les Constitutions modernes. Celles-ci restreignent pour la plupart la liberté de convocation, d'ajournement et de clôture. En effet, le système anglais ne se comprend réellement qu'en Angleterre où l'expérience séculaire du régime parlementaire rend presque impossible une rupture d'équilibre entre les pouvoirs. Les Etats modernes ont alors pris un moyen terme, entre une permanence pleine d'inconvénients et une périodicité qui mettait le pouvoir législatif dans la trop grande dépendance de l'exécutif.

La principale illustration de ce système a été consacrée en France par la Constitution de 1875. Les législateurs qui l'élaborèrent se trouvaient en face de deux traditions opposées : la tradition républicaine, qui avait toujours admis la permanence, et la tradition monarchique qui s'était constamment inspirée du système anglais. De vifs débats s'engagèrent sur la question. La thèse de la permanence fut vivement combattue par M. Dufaure au nom du gouvernement, alors que la commission des lois constitutionnelles, par l'organe de son rapporteur, M. Laboulaye, la soutenait énergiquement.

« Il nous a paru préférable, lit-on dans l'exposé des motifs du projet Dufaure, de réunir chaque année les Chambres en session d'une durée déterminée, avec faculté d'avoir des sessions extraordinaires, si les circonstances l'exigent... Avec deux Chambres et un pouvoir exécutif indépendant, la permanence aurait des inconvénients sans nombre, qu'il nous serait facile de signaler, si l'exemple de tous les pays constitutionnels ne nous dispensait de cet examen. » (1)

De son côté M. Laboulaye disait :

« On s'est demandé si l'on ne poussait pas trop loin l'initiative du régime monarchique, en subordonnant aussi absolument le pouvoir législatif au pouvoir exécutif. » (2)

Or, il n'eut pas été possible, croyons-nous, d'établir une république parlementaire avec une assemblée permanente. (3) L'expérience a montré suffisamment que, dans une démocratie, le pouvoir des Chambres est le seul pouvoir effectif, qu'en France, en particulier, la Chambre, issue du suffrage universel, gouverne en réalité le pays, et que dans ces conditions, donner à cette assemblée le droit de s'ingérer à toute époque dans les actes du Président de la République et de ses ministres, c'eût été faire de ceux-ci, non point les détenteurs du pouvoir, mais de simples « commis du Parlement. » (4)

D'autre part, il eût été difficile d'assigner à un Parlement républicain le rôle passif de conseiller du Gouvernement, et de mettre sa convocation et

(1) *Ann. de l'Ass. nat.* tome xxxviii, p. 107.
(2) *Ann. de l'Ass. nat.* tome xxxvi p. 22.
(3) Ch. Lefebvre : *Étude sur les lois constitutionnelles de 1875*, p. 170 et suiv.
(4) Duguit : *Manuel de Droit public français*, I. Droit constit. 1907, N° 117.

sa prorogation à la discrétion d'une autorité élec
tive : c'eût été ouvrir la porte au coup d'Etat ; or, le
souvenir de 1851 est encore présent à la mémoire
de nos législateurs. La loi du 16 juillet 1875 a donc
adopté un système mixte. Ce système consiste
à donner aux Chambres le droit de se réunir sans
convocation à une époque fixe et de rester en session pendant un minimum de temps, strictement
déterminé (1). L'article premier dit en effet: « Le Sénat et la Chambre des députés se réunissent chaque
année le second mardi de janvier, à moins d'une
convocation antérieure, faite par le Président de la
République. Les Chambres doivent être réunies en
session cinq mois au moins chaque année. »

Il résulte de cette disposition que la clôture de la
session ne peut être prononcée avant l'expiration de
ce délai de cinq mois, y compris les congés que
s'accordent les Chambres, mais non compris les
ajournements que peut prononcer le Président de

(1) A l'exemple des comités permanents qui existent dans
plusieurs pays, notamment en Würtemberg (Const. 25 septembre 1875 art. 187), certains législateurs, effrayés de la
prépondérance que donnait au pouvoir exécutif le droit de
proroger les Chambres, voulurent imposer la création
d'une commission de permanence. Cette commission aurait eu pour mandat de suivre la marche des affaires publiques après la séparation des Chambres, et de convoquer
celles-ci en cas d'urgence. Mais cette proposition, représentée plusieurs fois, n'a jamais été adoptée. Cependant la
loi Tréveneuc peut être considérée comme inspirée de la
même idée.

la République. D'autre part, et sous ces restrictions, le Président de la République a le droit exclusif de prononcer la clôture de la session (art. 2) ; il peut convoquer les Chambres en sessions extraordinaires quand il le juge utile ; enfin il peut les ajourner même au cours de la session ordinaire, à condition que cet ajournement ne dépasse pas un mois et n'ait pas lieu plus de deux fois dans la même session.

Tel est le système établi en France, système d'équilibre et qui, s'il était scrupuleusement observé, ne donnerait que de bons résultats. Les monarchies issues de constitutions récentes se sont inspirées des mêmes principes. Telle est la seconde modalité suivant laquelle fonctionne le système de la périodicité.

La règle dont nous venons d'examiner les principales applications a donc pour effet de créer la session *stricto sensu* et de mettre entre les mains du pouvoir exécutif la convocation et la clôture des Chambres législatives. Ce sont là deux attributs essentiels de la puissance gouvernementale, mais celui qui nous paraît être le plus important tant au point de vue de sa répercussion sur les travaux parlementaires, qu'au point de vue de l'immixtion du pouvoir exécutif dans le législatif, c'est le droit de clôture.

En effet, étant donné que de nos jours, les

Assemblées sont « maîtresses de la bourse », que seules, elles peuvent voter les crédits nécessaires à toutes les entreprises de l'Etat, qu'elles tiennent par conséquent entre leurs mains la vie matérielle de la nation, le pouvoir exécutif ne peut pas ne pas les convoquer, et quelle que soit l'époque qu'il choisisse pour faire cette convocation, cette époque arrivera tôt ou tard. La convocation, à proprement parler, n'est donc qu'une pure formalité, formalité qui revêt dans certains pays un caractère de solennité politique et religieuse, mais qui au fond n'implique pas de la part du pouvoir exécutif un acte d'autorité. Ce n'est pas non plus une immixtion de ce dernier dans les actes du pouvoir législatif, puisque au moment de la convocation, les travaux parlementaires ne sont pas commencés.

Tout au plus pourra-t-on dire que dans les pays où la Constitution ne fixe pas elle-même le jour de la réunion du Parlement, le pouvoir exécutif pourra empêcher ce dernier d'influer sur tel ou tel événement politique susceptible de se produire ; il lui suffira pour cela d'avancer ou de retarder le jour de l'ouverture. La convocation nous paraît donc être bien plutôt un vestige formaliste des anciennes traditions, qu'une ingérence du gouvernement dans les actes du législateur. La Constitution de 1875, en fixant à l'avance la date de la réunion des assemblées, n'a donc pas privé le Président de la

République d'un attribut bien essentiel, étant donné surtout le nombre de décisions importantes qui ne peuvent être prises qu'avec le concours du Parlement.

Il n'en est pas ainsi du droit d'ajournement ou de clôture ; nous aurons à distinguer plus tard ces deux termes, mais qu'il nous suffise d'indiquer dès à présent, qu'en suspendant à un moment donné les débats parlementaires par un acte de son autorité, le chef de l'Etat exerce l'une des plus importantes de ses prérogatives constitutionnelles. Par la clôture, le gouvernement manifeste la volonté de prendre seul en main les destinées du pays, de raffermir son autorité, de suivre une politique quelquefois en divergence avec la majorité, enfin de retarder et souvent même d'empêcher le vote de certaines lois. Le décret de clôture est donc assimilable à un veto gouvernemental qui serait destiné à paralyser dans certains cas les actes du pouvoir législatif.

L'exercice de ce droit de veto produit dans certains pays des effets absolus : en Angleterre et en Italie, par exemple, il amène la chute de tous les travaux parlementaires et rend caducs les projets ou propositions législatives non encore définitivement transformés en lois ; de sorte que toute procédure entamée tombe au moment de la clôture et qu'un projet inachevé à la fin de la session devra repasser par toutes les phases de cette procédure pour acquérir force de loi. On comprend dès lors quel trouble peut jeter dans une nation un tel arrêt de la vie politique, et de quelle arme redoutable dispose un gouvernement qui peut arbitrairement provoquer cet arrêt. Mais empressons-nous d'ajouter que la clôture de la session, bien qu'ayant toujours une influence réelle sur le pouvoir législatif, ne produit pas infailliblement des effets si absolus. En France, par exemple, la caducité des propositions de loi par clôture de session a été supprimée en 1832 ; de même certains pays de l'Europe que nous passerons ultérieurement en revue ont également ment fait disparaître cette conséquence de la clôture.

Il nous a paru intéressant de dégager la clôture de la session des multiples effets secondaires qu'elle peut entraîner, tels que la suspension des immunités parlementaires, l'expiration des pouvoirs du bureau et des commissions, pour ne nous attacher qu'à mettre en relief son influence sur l'œuvre législative. En consultant, en effet, les annales parlementaires de la France et de l'étranger, il est facile de se convaincre de la réalité de cette influence. Nous nous proposons de faire rentrer dans les limites de cet exposé une étude de la caducité des propositions de loi, résultant non-seulement de la clôteur de la session, mais aussi du renouvellement des Chambres ou de leur dissolution. Cela nous permettra d'apprécier d'une manière plus générale le phénomène de la caducité et de voir quelles réformes pourraient être opérées dans cet ordre de choses.

L'importance de toutes ces questions n'a pas besoin d'être soulignée. Comme le faisait remarquer M. Jules Grévy, président de la Chambre des députés, à la séance du 28 janvier 1879, ce sont des questions « qui se rattachent essentiellement au régime parlementaire et dont la solution ne doit pas être hâtivement réglée. » (1)

Les développements qui vont suivre seront consacrés à l'étude du droit de clôture dans son principe, et à l'influence de la clôture de la session parlementaire sur les travaux des Chambres législatives.

FIN DE L'INTRODUCTION

----

(1) *J. Offic.* 29 janvier 1879, p. 503.

TITRE PREMIER

Du Droit de clôture en général et des moyens de l'exercer

CHAPITRE PREMIER

Vues générales sur la clôture de la session parlementaire

Il est indispensable, au début d'une étude sur la clôture de la session, de déterminer les caractères essentiels de cet acte de la vie parlementaire, afin de fixer une fois pour toutes, le sens de cette expression : « clore la session. »

Bien que les définitions n'apprennent pas grand-chose, le plus sûr moyen cependant d'arriver à distinguer la clôture des autres modes par lesquels une assemblée interrompt ses travaux, sera de donner de chacun de ces modes une définition aussi exacte que possible.

En effet, entre la convocation du Parlement et sa clôture par le chef de l'Etat, c'est-à-dire pendant le cours même de la session, les travaux peuvent être suspendus. Comment le seront-ils ? Quelle sera la portée de cette suspension ? Quelle sera son influence sur le Parlement et sur les organes qui en dépendent ? Comment la session sera-t-elle reprise ? L'examen de ces différentes questions fera l'objet de ce chapitre.

Il y a, pendant le cours d'une session, deux moyens d'arrêter les débats d'une assemblée : l'ajournement et la prorogation. L'ajournement a purement et simplement pour objet de suspendre les délibérations pour un espace de temps déterminé.

Il a lieu à n'importe quel moment et n'est, en général, susceptible d'aucun effet juridique. A l'issue de l'ajournement, les travaux sont repris au point où ils avaient été laissés, sans qu'il soit besoin pour cela d'une nouvelle convocation.

Dans les Constitutions où l'Assemblée législative est permanente, c'est le seul mode grâce auquel elle interrompt ses travaux. Quand l'assemblée est périodique, l'ajournement émane de l'Assemblée elle-même ou du pouvoir exécutif. Les Chambres s'ajournent pour prendre des vacances : la durée de cet ajournement ne dépend que de leur volonté. Mais, dans ce cas, si au terme de la Constitution, la session doit avoir un minimum de temps, la durée de l'ajournement est comprise dans ce minimum : il en est autrement, comme nous allons le voir, de l'ajournement prononcé par le chef de l'Etat.

Ainsi, d'après la loi du 16 juillet 1875, les Chambres françaises doivent siéger de janvier à juin ; si, au cours de ces cinq mois elles prennent un mois de vacances, la date de la clôture ne sera pas elle-même retardée d'un mois : le gouvernement, bien qu'en fait la session n'ait duré que quatre mois, pourra user de son droit de clôture à l'expiration de ces quatre mois.

Prononcé par le chef de l'Etat, l'ajournement a généralement des causes politiques : tantôt il prépare une dissolution, comme celui prononcé en 1877 par le maréchal de Mac-Mahon, président de la République française, tantôt il tend à éviter une clôture de session. Celle-ci entraîne, en effet, avec elle des conséquences redoutables parfois, telles que la caducité des propositions de lois. Or, l'ajournement n'a jamais de semblables effets.

Dans cette seconde hypothèse, l'ajournement ne rentre pas dans le délai minimum de la session, car il met les Chambres dans l'impossibilité légale de se réunir : de sorte que celles-ci, en reprenant leurs séances, sont censées ne pas avoir interrompu leur session. (1)

Une difficulté s'est élevée à ce propos en France, lors de l'élaboration des lois constitutionnelles de 1875. Elle a été admirablement réglée à la suite d'une discussion à laquelle prirent part M. Lefèvre-Portalis et M. Dufaure, au cours de la séance de l'Assemblée nationale, le 16 juillet 1875.

Voici en quoi elle consistait :

L'article 2, en donnant au Président de la République le droit d'ajourner le Parlement, lui ordonne en même temps de le convoquer à nouveau si la demande en est faite par la majorité des membres, composant les deux assemblées. Il s'agissait donc de savoir si celles-ci pourraient répondre à un décret d'ajournement par une demande de convocation immédiate et rendre ainsi illusoire le droit du Président de la République.

« Pour être un droit réel et efficace, disait M. Lefèvre-Portalis, il faut que le droit d'ajournement appartienne au Président de la République, sans réserve ; il ne faut pas qu'il puisse être tenu en échec par une majorité contraire... Le droit d'ajournement ne serait entre ses mains qu'un vain jouet,

---

(1) *Cf.* Pierre : *Lois et organisation de la République française*, p. 51, N° 1.
Dalloz : *Code annoté des lois polit. et adm.* N° 653.
Th. Réinach : *De l'Etat de siège*, p. 130.

si la majorité des deux Chambres pouvait le briser en exigeant la reprise des séances. Ce serait, pour me servir d'un langage familier, vouloir donner aux Chambres le droit de rentrer par une porte, tandis que le Président de la République les ferait sortir par l'autre... »

L'éminent député proposa donc d'ajouter au texte de la loi ces simples mots : « dans l'intervalle des sessions », ce qui signifiait que le droit, pour les Chambres, de demander une nouvelle convocation se limiterait au seul cas où la clôture de la session aurait été prononcée.

Cet amendement fort judicieux fut adopté par le gouvernement, qui le considérait comme entièrement conforme à l'esprit de la loi : L'Assemblée nationale le sanctionna ensuite par son vote. (1) Il s'ensuit donc que dans notre Constitution, le droit d'ajournement est à l'abri de toute atteinte et ne saurait être méconnu par une interprétation fausse, qui aurait cependant l'apparence et la forme de la légalité.

L'ajournement se nomme aussi prorogation. Mais quoique ces deux termes soient souvent pris l'un pour l'autre, il existe entre eux une différence qui empêche de les confondre. La durée de l'ajournement est fixée par la loi constitutionnelle (ex. art. 2

(1) *Jour. Offic.*, 17 juillet 1875, p. 5444.

de la loi du 16 juillet 1875 en France) ; la durée de
la prorogation dépend au contraire de celui qui la
prononce. C'est ainsi que certains auteurs (1) donnent le nom de prorogation aux ajournements pro-
noncés par les Chambres elles-mêmes : ceux-ci ne
sont en effet soumis à aucune des règles que la loi
constitutionnelle impose aux ajournements émanés
du pouvoir exécutif. (2)

La clôture de la session présente, avec le simple
ajournement, de nombreuses différences. L'ajournement suspend les travaux, la clôture les termine.
La clôture ne peut émaner que du pouvoir exécutif ; c'est un acte par lequel il signifie au Parlement
l'ordre de se séparer, parce qu'il estime que ses délibérations sont désormais sans objet. La clôture
est susceptible, à la différence de l'ajournement, de
produire des effets juridiques d'une extrême importance, tels que la péremption des travaux parlementaires. Les séances ne peuvent être reprises
que sur une nouvelle convocation de l'Exécutif, et
dans les pays où la loi constitutionnelle fixe elle-
même le jour de la rentrée, lorsque ce jour seulement sera arrivé. Enfin la plupart des Constitutions assignent à la session de leur Parlement une
durée minima ; or, la clôture ne pourra jamais

(1) PIERRE : *Traité de Dr. polit.* p. 489,
(2) DUGUIT : *Dr. constit.*, N° 117,

intervenir avant l'expiration de ce délai légal. En
France, par exemple, l'article 2 de la loi constitutionnelle du 16 juillet 1875 dispose que les Chambres devront rester en session cinq mois au moins
chaque année : cela signifie que le décret de clôture
ne pourra être lu qu'à l'issue de cette période de
cinq mois, laquelle, évidemment, pourra être prolongée. L'ajournement, au contraire, peut intervenir en tout temps.

Nous nous résumerons en disant que l'ajournement n'est qu'une suspension provisoire de session, tandis que la clôture est une fin de session. A
l'issue de l'ajournement, la vie parlementaire con-
tinue ; au décret de convocation qui suit la clôture,
elle recommence. C'est ainsi qu'à l'ouverture de
chaque session ordinaire, l'on doit procéder à la
nomination des président, vice-présidents et secrétaires et au tirage au sort des bureaux. Enfin,
dans les pays monarchiques, la clôture entraîne,
pour la reprise des travaux, la lecture d'un discours
du Trône et la discussion d'une Adresse.

Il ne faut pas confondre non plus la clôture de la
session avec la dissolution. La dissolution est la
mort de l'Assemblée, elle met fin à ses pouvoirs ;
la clôture ne met fin qu'à l'une des sessions. Quelle
que soit la dissolution dont il s'agisse, qu'elle soit
l'effet d'un décret du Pouvoir exécutif ou qu'elle
résulte de l'expiration de la législature, elle doit

toujours être suivie d'une convocation d'électeurs. La clôture, au contraire, n'est suivie que d'un décret convoquant l'Assemblée pour une nouvelle période législative. En un mot, la clôture retire momentanément le pouvoir, la dissolution annule définitivement le mandat.

Cette distinction nous permet d'apprécier les éléments caractéristiques de la clôture et va nous mettre à même d'en rechercher les conditions générales de régularité.

Indépendamment des règles particulières à chaque Etat, l'on peut ramener à deux les conditions d'une clôture régulière. Il faut : 1° un ordre du Gouvernement ; 2° que cet ordre intervienne le même jour pour toutes les Assemblées du Parlement.

Nous disons, tout d'abord, qu'un ordre est nécessaire. En effet, la clôture de la session ne saurait avoir lieu de plein droit ; toutes les constitutions qui donnent au pouvoir exécutif le droit de la prononcer, impliquent la nécessité d'un ordre formel. Cela résulte notamment, en France, de la rédaction de l'art. 2-1 de la loi constitutionnelle du 16 juillet 1875 : Le Président de la République *prononce* la clôture de la session. Nous en déduisons que, lorsqu'une des deux Chambres ayant été dissoutes et que cette dissolution a entraîné la prorogation de l'autre, le mot *prorogation* doit être pris ici dans

son sens propre et non dans le sens de clôture.
Dans tous les pays à régime parlementaire, en
Belgique surtout, la question a été longuement
discutée. D'aucuns soutenaient que la dissolution
ayant forcément entraîné clôture de session pour
l'une des Assemblées, devait avoir pour effet de
clore également la session pour l'autre. Ce système
n'a rallié que peu de suffrages, car « la défense de
délibérer dans certaines circonstances n'entraîne
pas nécessairement la clôture de la session » (1),
et, d'ailleurs, une clôture automatique ne saurait
résulter que d'une disposition expresse de la loi. La
Constitution des Pays-Bas a fait, dans son art. 104,
une application caractéristique de cette doctrine ;
cet article dit, en effet : « En ordonnant la dissolution d'une Chambre ou de toutes deux, le roi
prononce en même temps la clôture de la session des Etats-Généraux ». Preuve évidente que
tous les législateurs n'ont pas cru qu'il suffisait
d'ordonner la dissolution pour que la session fût
close.

La nécessité d'une ordonnance admise, nous
posons comme seconde condition à la légalité d'une
clôture, l'obligation pour le gouvernement de faire
connaître le même jour à chaque Assemblée, la

_____

(1) Thonissen : *La Constitution belge* ; cité par
P. Matter : *La dissolution des Assemblées parlementaires*,
page 40.

décision qui met fin à ses travaux. Pour plus de clarté, nous disons qu'il ne doit y avoir qu'un seul décret, applicable immédiatement et simultanément à toutes les branches du Parlement. Cette condition nous la tirons du texte formel de toutes les lois organiques, et de la coutume lorsque, comme en Angleterre par exemple, la loi est muette sur ce point. Les Assemblées du Parlement sont considérées par la pratique constitutionnelle comme tellement liées l'une à l'autre, qu'il serait aussi impossible de suspendre isolément leurs séances, qu'il serait insensé de vouloir arrêter isolément deux coursiers attelés au même char. La Constitution française consacre ce principe dans l'art. 2-1 de la loi du 16 juillet 1875. « La session de l'une commence et finit en même temps que celle de l'autre ». Amplifiant plus loin cette disposition, elle ajoute (art. 4) : « Toute Assemblée de l'une des deux Chambres qui serait tenue hors la session commune est illicite et nulle de plein droit. Les Constitutions actuelles se sont inspirées des mêmes principes : aucune ne reconnaît la légalité d'une Assemblée faisant seule et hors session fonction de législatrice. Quelques-unes le disent expressément (Italie. art. 48 ; Espagne, art. 38 ; Portugal, art. 19 ; Bavière, art. 16 ; Würtemberg, art. 86 ; Autriche, art. 19 ; Hongrie, l. 4 de 1848, art. 5.) Pour d'autres, cela résulte de dispositions plus générales. (Belgique, art. 70). Certaines ont poussé si loin cette conception de la liaison des assemblées parle-mentaires, qu'elles font prononcer l'ouverture et la clôture des sessions en séance plénière. (Pays-Bas, art. 103; Portugal, art. 19). (V. infra).

Recherchons maintenant quelles peuvent être les causes de cette seconde condition. Elles doi-vent, croyons-nous, être réparties en deux grou-pes : il y a des causes juridiques et d'autres qui ont le caractère politique.

Les premières découlent de ce principe fonda-mental du régime représentatif, que le législa-teur ayant fait, du concours de deux Chambres, la condition d'existence des lois, ces lois ne peuvent avoir d'effet que si elles ont été au préalable con-senties d'une manière concordante par les deux As-semblées. Ce serait rendre illusoire le grand prin-cipe libéral de la dualité des Chambres, que de permettre à l'une de siéger sans l'autre.

Lors de la rédaction de nos lois constitutionnel-les, le premier soin de M. Thiers fut de rappeler que ce principe, qui devait être la base de nos insti-tutions nouvelles, devait être aussi appliqué dans toute son intégrité.

« La Convention nationale, éclairée par une

terrible expérience, disait-il, introduisit la première, en France, cette dualité nécessaire. » (1)

C'est précisément pour respecter ces idées que furent édictées les dispositions énoncées plus haut.

A côté de cela, il y a des motifs d'ordre politique, qui interdisent au souverain de gouverner avec l'appui d'une seule Chambre. Dans tous les pays où fonctionne un régime parlementaire ou représentatif, il y a une Chambre haute, comprenant en tout ou partie des membres nommés par le pouvoir exécutif ; cette assemblée est plus accessible aux influences gouvernementales, qu'elle combat quelquefois, mais auxquelles elle finit toujours par céder.

Or, il serait dangereux pour la liberté publique ; ce serait méconnaître, d'autre part, les droits des citoyens que de gouverner même momentanémeut avec cette seule assemblée : c'est ainsi que la dissolution d'une Chambre doit normalement entraîner la prorogation de l'autre.

« Il ne faut pas, dit M. Matter, que la dissolution de l'assemblée populaire permette au pouvoir exécutif de gouverner, en s'appuyant sur la Chambre

---

(1) Exposé des motifs du projet de loi sur l'organisation des pouvoirs publics présenté par M. Thiers, président de la République et M. Dufaure, garde des sceaux, à l'Assemblée nationale, séance du 19 mai 1873. *Journal offic.* 20 mai 1873, p. 3207.

haute qui représente le plus souvent l'esprit con-
servateur. » (1)

Cette déduction est de toute évidence et ne saurait être contestée. (2)

Ces deux conditions une fois remplies, le chef de
l'Etat peut, quand il le veut, prononcer la clôture de
la session. C'est là un pouvoir nécessaire, nous l'a-
vons déjà dit, et nous y reviendrons encore. Mais
en reconnaissant la nécessité de ce droit, nous en
avons aussi souligné l'importance et montré comment, en faisant par un seul acte de son autorité
propre, cesser la vie du Parlement, le chef de l'Etat
était à même d'influer profondément sur l'œuvre
législative. Mais nous avons dit aussi que les pouvoirs publics devaient avoir des moyens de pénétration réciproque, que ces moyens étaient destinés
à faciliter l'exercice de leurs fonctions constitutionnelles. Or, ces moyens, pour être efficaces, doivent
être limités, et la liberté d'un pouvoir doit finir là
où commence la liberté de l'autre. Faisant au droit
de clôture application de ces idées, nous dirons
qu'il doit comporter certaines restrictions. En fait,
ces restrictions existent : nous allons les énumérer.

Une première entrave au droit de l'Exécutif

---

(1) MATTER : *op. precit.* p. 40.
(2) LABOULAYE : La question des deux Chambres. *Revue
des Deux-Mondes*, 15 juin 1871.

découle du texte même de la plupart des Constitutions actuellement en vigueur.

Elle consiste en ce que la session ordinaire(1) doit avoir une durée minima ; les Chambres devant être réunies un certain nombre de jours ou de mois chaque année, la clôture ne peut intervenir avant l'accomplissement de ce délai de session obligatoire.

La Constitution française de 1875 assigne aux Chambres une session de cinq mois ; la Constitution belge (art. 70) exige une session de 40 jours ; dans les Pays-Bas, le délai est réduit à 20 jours ; en Portugal, la loi du 24 juillet 1885, en fixant la législature à trois ans, porte à trois mois la durée de chaque session annuelle. (2)

Outre cette restriction, il faut en mentionner une autre dont l'importance est particulière dans les pays où, comme l'Angleterre, l'Italie et l'Espagne, la session ordinaire n'a pas lieu pendant un temps déterminé. Cette restriction résulte de ce que le Parlement, ayant seul le droit d'accorder à l'Etat les subsides nécessaires à son existence, celui-ci ne

---

(1) NOTE. — La session ordinaire est celle qui est rendue obligatoire par les textes constitutionnels, ou, plus généralement, celle pendant laquelle on doit voter le budget. Les sessions extraordinaires ne dépendent que du pouvoir exécutif.

(2) *Cf.* DARESTE : *Les Constitutions modernes*, 2e éd., 1891.

peut clore la session avant que ces subsides aient
été votés. De telle sorte qu'un Parlement qui veut
prolonger sa session n'a qu'à retarder le vote du
budget et alors, comme le dit M. Pierre, « un simple règlement d'ordre du jour suffit pour tenir en
échec les décrets de clôture, lorsqu'ils paraissent
menacer les prérogatives des représentants du
pays. » (1)

Admettons que le Gouvernement prononce
quand même la clôture : si l'exercice financier tou-
che à sa fin, il est acculé à la banqueroute ou au
coup d'Etat ; dans le cas contraire, il est obligé de
recourir à la convocation d'une session extraordinaire, ce qui le fait retomber entre les mains du
Parlement. La puissance des Chambres en cette
matière et l'influence qu'elles exercent sur le pouvoir exécutif s'est bien fait sentir en France à la fin
de l'année 1877 : l'expiration de l'exercice financier
obligea le ministère à démissionner devant une
Assemblée qu'il ne pouvait plus ni proroger, ni
dissoudre, et le Président de la République d'alors,
le maréchal de Mac-Mahon, fut contraint de désa-
vouer tous ses actes passés. (2)

L'Angleterre nous fournit de nombreux exemples de cette omnipotence parlementaire. « C'est

_____

(1) PIERRE : *Politique et Gouvernement*. 1896, p. 277.
(2) Message du 14 décembre 1877. *Journ Offic.* du 15
décembre 1877.

par le refus des subsides, disent MM. Boucard et
Jèze, ou plutôt par l'ajournement des subsides, que
la Chambre des Communes a établi le gouvernement parlementaire. » (1) Et l'expérience et la
théorie nous montrent aussi que dans une lutte
entre les deux pouvoirs, le pouvoir législatif doit
fatalement l'emporter s'il fait usage de cette arme
redoutable qu'est le refus du budget. Ce refus serait un véritable catacylsme déchaîné sur la nation. Supposons-le un instant : Aussitôt « les ren-
tiers ne touchent plus leurs rentes, ni les pension-
naires leurs pensions ; les fournisseurs frappent en
vain aux guichets du trésor ; les fonctionnaires ne
reçoivent plus leurs salaires, les écoles sont fermées ; l'armée est privée de sa solde, de son entre-
tien même. En un mot tous les tributaires de l'Etat
c'est-à-dire à peu près tout le monde aujourd'hui se
trouve atteint : la vie du pays s'arrête. » (2)

Ceci est la conséquence directe et nécessaire des
priucipes constitutionnels et tout gouvernement
parlementaire, soucieux de ses devoirs et conscient
de ses droits, doit s'incliner devant leur rigueur,
car cette rigueur est le gage des libertés qu'ils en-
gendrent.

(1) BOUCARD et JÈZE : *Cours élém. de sc. des fin.* 1904,
page 64.

(2) STOURM : *Le Budget,* 3e édit. p. 382.

CHAPITRE II

Le droit de clôture en France

Pour comprendre l'importance du droit de clôture attribué à l'Exécutif. il n'est pas inutile de passer en revue les diverses organisations politiques de la France et de rechercher les causes qui ont pu tour à tour le faire disparaître de nos lois pour l'y faire reparaître ensuite. Depuis un siècle, la France a fait l'essai de tous les régimes ; elle a modifié tour à tour sa Constitution, suivant qu'elle était lasse d'une anarchie prolongée ou qu'elle voulait secouer le joug du despotisme. Ce qui caractérise cette évolution, c'est la lutte sans cesse renaissante entre les deux grands pouvoirs de l'Etat, celui de faire les lois et celui de les appliquer ; tantôt saisis de défiance vis-à-vis de la puissance gouvernementale, les constituants ont cherché à établir l'omnipotence des assemblées législatives ; tantôt, au contraire, désireux de réfréner les passions populaires, ils ont accru les droits du chef de l'Exécutif. Or, il est intéressant, dans une étude consacrée au droit de clôture, de voir quel sort fut fait à ce dernier à travers ces bouleversements.

I

Nous possédons peu de documents sur la forme des sessions de nos anciens Etats-Généraux. Ce ne furent d'ailleurs pas des assemblées souveraines, malgré les revendications que contenaient toujours les cahiers des trois ordres et qui tendaient à attribuer aux représentants de la nation le droit exclusif de voter les lois. Leurs convocations ne furent jamais régulières : le Roi les appelait auprès de lui pour affermir son autorité quand il craignait une résistance de la part des seigneurs féodaux ou une invasion étrangère ; mais il s'empressait de les dissoudre dès qu'il avait reconquis son prestige. Réunis pour la première fois, en 1302, par Philippe-le-Bel lors de son différend avec le pape Boniface VIII, ils tinrent de nombreuses séances et ne se séparèrent qu'à leur dissolution. Les successeurs de Philippe-le-Bel eurent recours à eux dans plusieurs circonstances, de 1317 à 1343, mais jamais il ne fut sérieusement question d'établir leur périodicité, c'est-à-dire que jamais ils ne tinrent de sessions régulières.

La seule tentative vraiment importante qui fut faite dans ce sens eut lieu en 1355, lors de la captivité du roi Jean le Bon. Un député du Tiers-État, Etienne Marcel, avait même réussi à arracher au Dauphin une ordonnance établissant des sessions périodiques, lesquelles devaient être ouvertes et closes par le Roi ; mais cette ordonnance tomba d'elle-même, dès que Charles VII, vainqueur des Anglais, eut replacé la Monarchie dans son ancien pouvoir. Enfin, en 1483, sous la régence d'Anne de Beaujeu, nous assistons à un nouveau réveil des Etats-Généraux : par l'organe de Philippe Pot, ils réclament impérieusement la tenue de sessions périodiques et leur orateur va jusqu'à proclamer le principe de la souveraineté nationale. Néanmoins ils furent dissous dès que la Couronne eût estimé leur tâche achevée.

Les deux convocations qui suivirent, celle de 1560, après Charles VIII, et les Etats de Blois de 1576, n'offrent rien de particulier au point de vue de la session. Ce qui caractérise ces diverses assemblées, ce fut l'union qui s'établit entre le peuple et le roi pour combattre la féodalité et assurer la suprématie du pouvoir royal. Mais, dès que cette suprématie lui fut reconnue, dès qu'elle put combattre seule ses rivaux du dedans et ses ennemis du dehors, la royauté se passa du concours de la nation. La période des Etats de 1588 et celle de 1614 furent les dernières avant 1789, et pendant le laps de temps qui s'écoula de la minorité de Louis XIII jusqu'à la Révolution, on appliqua en France dans toute son intégrité le vieil adage romain « *quod principi placuit, legis habet vigorem* » (1)

La Constitution de 1791 rompit brusquement avec le passé. En face du monarque si puissant la veille, elle dressa une assemblée souveraine, permanente et indissoluble. L'article premier du chapitre I (titre III) dit en effet : « L'Assemblée nationale formant le corps législatif est permanente et n'est composée que d'une seule Chambre ». Le texte est assez explicite et prouve à quel point la défiance était grande vis-à-vis de l'exécutif et combien il paraissait nécessaire de protéger l'Assemblée contre toute tentative d'empiètement. Le chapitre traitant des rapports du Roi et de l'Assemblée est la conséquence logique du principe de la permanence : le corps législatif s'assemble et se sépare de sa propre autorité (chap. III, sect. IV, art. I) :

----

(1) Cf. Petiet : *Le pouvoir législatif en France depuis l'avènement de Philippe-le-Bel jusqu'en 1789*, chap. II, III, V, VI, VII.

« Huitaine au moins avant la fin de chaque session, le corps législatif envoie au Roi une députation pour lui annoncer le jour où il se propose de terminer ses séances ; le Roi peut venir faire la clôture de la session. »

Le droit d'interrompre les travaux législatifs n'était donc point entre les mains du Roi ; son intervention à la séance de clôture ne pouvait avoir pour objet que de lui donner un caractère de solennité : c'était une marque de déférence et non un ordre qu'il donnait au corps législatif.

La Constituante était allée trop loin. Indépendamment du vice initial qui consistait dans l'isolement des deux pouvoirs rivaux, la Constitution de 1791 avait eu le tort de réduire si vite les immenses pouvoirs de la royauté. Comme toutes choses, les institutions humaines sont soumises à la loi de l'évolution et il est malaisé de se passer des enseignements de l'histoire. M. Thiers, en parlant de la Constituante, dit avec raison :

« Son erreur... n'est point d'avoir réduit le Roi à une simple magistrature, mais c'est d'avoir cru qu'un roi, avec le souvenir de ce qu'il avait été, pût se résigner et qu'un peuple qui se réveillait à peine et qui venait de recouvrer une partie de la puissance publique, ne voulût pas la conquérir tout entière. » (1)

(1) THIERS : *Histoire de la Révolution*, liv. I.

Entre un roi enchaîné et une assemblée omnipotente, la lutte ne devait pas être longue : la Constitution de 1791 sombra après n'avoir reçu qu'un semblant d'application.

L'anarchie révolutionnaire et l'insurrection fédéraliste donnèrent naissance à un embryon de constitution que pour mémoire nous devons mentionner :

« Huit jours suffirent pour achever cet ouvrage qui était plutôt un mode de ralliement qu'un véritable plan de législation. » (1)

La Constitution de 1793, inspirée par le système du contrat social, établissait une assemblée permanente (2) ayant les pouvoirs les plus étendus dans le domaine législatif et possédant, en outre, le droit de faire certains décrets de sûreté générale. A côté d'elle on plaçait un conseil exécutif, composé de vingt-quatre directeurs élus et responsables devant l'assemblée. Ce Conseil était renouvelable par moitié tous les ans. Ici, pas trace d'ajournement ni de clôture de session : le pouvoir exécutif était entre les mains du législatif (3) ; on méconnaissait ainsi

---

(1) Thiers : *Histoire de la Révolution*, liv. I.
(2) Art. 39. — Le corps législatif est un, indivisible et permanent.
(3) Note. — Sur les discussions auxquelles donna lieu la Constitution de 1793 au sein de la Convention : *Cf*. Aulard : *Histoire politique de la Révolution française*, pages 299 et suiv.

le principe si juste posé par Montesquieu « que le
corps représentant ne doit pas être choisi pour
prendre quelque résolution active, mais pour faire
des lois, ou pour voir si l'on a bien exécuté celles
qu'il a faites. » (1) L'absurdité d'une pareille organisation en empêcha l'application : « Le pays ne
conserva à sa tête qu'une assemblée délibérant sous
le poignard et préparant la France au joug du despotisme, en lui arrachant tous ceux de ses enfants
qui ne savaient pas courber le front. » (2)

A la Constitution de 1793 succède la Constitution
du 5 fructidor an III. La Convention avait senti le
besoin d'organiser plus solidement le pouvoir exécutif et, dans ce but, il lui avait paru indispensable
d'affaiblir l'assemblée délibérante. Pour l'affaiblir,
elle la divisa et fit, pour la première fois en France,
application du système de la dualité des Chambres.
Un Parlement comprenant le Conseil des Anciens
et le Conseil des Cinq-Cents, un gouvernement
composé de cinq directeurs ayant le commande-
ment suprême des fonctionnaires et de l'armée,
telle fut la base du nouveau régime. Mais l'effort
s'arrêta là et on n'osa attribuer à l'exécutif une action quelconque sur le législatif. L'article 59 s'ex-
primait ainsi :

(1) Montesquieu : *Esprit des lois*, liv. xi, ch. vi.
(2) Prévost-Paradol : *La France nouvelle*, p. 299.

« Le corps législatif est permanent ; il peut néanmoins s'ajourner à des termes qu'il désigne. »

Donc, en l'an III comme en 1791, il n'y a pas de session réglementaire, la permanence avec toutes ses conséquences néfastes est maintenue. Le gouvernement n'a pas le droit de clôture et se trouve en sorte perpétuellement sous le joug de l'assemblée. Le vice de 1791 reparaissait encore, les pouvoirs n'étaient pas équilibrés et nul mode de pénétration n'existait entre eux. Le coup d'Etat du 18 brumaire mit fin à ces institutions chancelantes et remplaça par le despotisme l'anarchie qui régnait depuis huit ans.

Le régime de l'an VIII, conçu par Sieyès et appliqué par Bonaparte, contient les défauts opposés à ceux de l'an III et de 1791. « La vengeance des peuples mécontents d'une République est toujours d'appeler César. » (1) César se montra dans la personne du premier consul. N'osant aller jusqu'à s'accorder le droit de dissolution, Bonaparte commença par limiter la durée des sessions du corps législatif (2) ; peu après il se réserva expressément

---

(1) Emile OLLIVIER : *Revue des Deux-Mondes* du 15 janvier 1896.

(2) Constit. de l'an VIII, art. 33 : La session du corps législatif commence chaque année le premier frimaire et ne dure que quatre mois ; il peut être extraordinairement convoqué pendant les huit autres par le gouvernement.

le droit de le convoquer, de le proroger et de l'ajourner. (1)

La règle anglaise pénétrait pour la première fois dans nos institutions, mais elle n'y était compensé par rien de ce qui eut pu la rendre efficace. Le pouvoir exécutif, surtout après la création du Consulat à vie et la proclamation de l'Empire, réduisit à néant l'influence des Chambres. Aucune responsabilité ministérielle ne vint tempérer les droits du gouvernement, et dans de telles conditions la représentation nationale devait être reléguée au second plan. La rupture d'équilibre entre les pouvoirs se produisait encore, mais elle intervenait cette fois en faveur de l'exécutif, ce qui était incontestablement un mal dont les institutions nouvelles devaient être appelées à souffrir. Ainsi se réalisait au-delà même de ses prévisions les dernières paroles de Vergniaud : « Ce peuple n'est pas mûr pour la liberté, il retournera à ses rois, comme l'enfant retourne à ses hochets (2) ».

La Restauration avec la Charte de 1814 fut le premier essai du régime parlementaire en France. Nous disons qu'il fut le premier essai, non, comme le constate M. Duguit, que Louis XVIII ait eu un

_____

(1) Sess. const. de l'an X, art. 75 : Le gouvernement convoque, ajourne et proroge le corps législaiif.
(2) LAMARTINE : *Histoire des Girondins.*

instant l'idée de transporter en France la constitution anglaise, mais en ce sens que la Charte s'ache-
mina inconsciemment vers une application de plus
en plus précise des principes libéraux d'Outre-
Manche. « Le gouvernement de 1814 était une
monarchie limitée, mais point une monarchie parlementaire (1) ». L'article 50 disait : Le Roi convoque
chaque année les deux Chambres, il les proroge (2).
Mais cette prorogation n'était tempérée ni par une
durée obligatoire de la session ordinaire, ni par la
responsabilité politique et solidaire des ministres·
De telle sorte que la pénétration réciproque des
pouvoirs ne s'établissait pas encore ; néanmoins
l'influence des institutions anglaises que Louis XVIII
avait eu, pendant son exil, le bon sens d'étudier ; le
mouvement de réaction libérale qui se produisit en
France au lendemain de la chute de l'Empire, enfin
la souplesse du nouveau régime qui contrastait avec
la rigidité impériale, tout cela fit insensiblement
naître le régime parlementaire. Et tout porte à croire
que si le successeur de Louis XVIII avait su se plier
à ses nouvelles tendances, la monarchie légitime

---

(1) Duguit : *Manuel de Droit constitut.*, 1907, n° 61.
(2) Le projet de constitution présenté par le Sénat le
6 avril 1815 et repoussé par la déclaration de Saint-Ouen,
disait (art. 10) : Le corps législatif s'assemble de droit chaque année le 1er octobre. Le Roi peut le convoquer extraordinairement. Il peut l'ajourner, il peut aussi le dissoudre.

eût survécu longtemps encore. Mais Charles X eut
le tort de ne pas connaître son temps ; il viola la
Charte, non dans sa lettre, mais dans l'interprétation
que le peuple lui donnait. La prorogation du
19 mars 1830, faite en réponse à l'adresse des 221,
constituait une première atteinte aux principes
parlementaires, ces principes furent complètement
méconnus par les deux dissolutions qui suivirent (1). La Révolution de 1830 éclata et les cris de
vive la Charte ! qui accompagnèrent Charles X en
exil, prouvèrent que le pays exigeait le maintien
d'un régime libéral.

Avec la monarchie de Juillet nous assistons à
l'avènement définitif du régime parlementaire.
Rien de spécial ne fut changé en ce qui concerne la
prérogative des Chambres ; mais celle-ci était
tempérée par la responsabilité du ministère, de telle
sorte que l'équilibre des pouvoirs s'établissait enfin.
La session ouverte par le roi en séance plénière,
était close, tantôt avec la même solennité (2), tantôt

(1) DARESTE : *Histoire de la Restauration*. Tome II,
p. 443.

(2) *Moniteur* du 26 avril 1833 :
Aujourd'hui 25 avril, le Roi a fait la clôture de la session
des Chambres. A une heure et demie une salve d'artillerie a
annoncé le départ de S. M. du palais des Tuileries. MM. les
présidents de la Chambre des pairs et de la Chambre des
députés, à la tête des grandes députations sont allées
recevoir Sa Majesté à l'entrée du Palais de la Chambre des
députés, la Reine accompagnée des princesses et de Madame

par une ordonnance lue dans les deux Chambres siégeant séparément. La Révolution de 1848 mit fin à ce régime bienfaisant et posa de nouveau le problème d'une constitution (1).

L'Assemblée nationale qui créa la seconde République retomba dans les erreurs de celle qui avait fondé la première. Elle mit en présence deux pouvoirs également forts et négligea de les accorder. Un président de la République élu au suffrage universel, en face d'une assemblée unique et perma-

Adelaïde a pris place dans la tribune qui lui était réservée, le corps diplomatique était présent dans les tribunes latérales. Le Roi accompagné de LL. AA. RR. les ducs d'Orléans et de Nemours est entré dans la salle des séances précédé des grandes députations et suivi de ses aides de camp et d'un nombreux état-major. S. M. a été accueillie par des acclamations réitérées de vive le Roi !

MM. les ministres, secrétaires d'Etat ayant à leur tête M. le président du Conseil sont venus se placer sur les premières banquettes de l'estrade en avant du fauteuil du Roi. MM. les maréchaux de France, M. le maréchal commandant la garde nationale de Paris et M. le lieutenant général commandant la première division militaire ont pris leur place accoutumée. Au bas de l'estrade était placée une députation du Conseil d'Etat Le Roi ayant pris place s'est couvert et a prononcé le discours suivant :
                (Suit le discours royal).

Le Roi ayant terminé son discours des acclamations réitérées se sont fait entendre à nouveau. Le ministre de l'Intérieur s'est levé et après avoir pris les ordres du Roi a donné connaissance de l'ordonnance dont la texte suit : (Ordonnance de clôture).

L'assemblée s'est séparée aux cris de vive le Roi !

(1) *Cf.* Thureau-Dangin : *Histoire de la monarchie de Juillet.*

nente (1) (art. 22), issue du même mode d'élections,
tels furent les organes exécutifs et législatifs, auxquels on confia les destinées du pays. La première
rédaction de l'article 51 défendait seulement au
président de dissoudre l'assemblée, mais sur la
proposition de deux députés, MM. Gérard et Baze (2)
on lui enleva également le droit de prorogation (3).
Enfin, l'article 68 déclarait que toute mesure par
laquelle le Président de la République dissoudrait
ou prorogerait l'assemblée, serait considérée comme
crime de haute trahison. On estimait en un mot que
« le Président ne devait avoir aucune prise sur
l'Assemblée nationale (4) ». On ne parlait pas non
plus de la responsabilité politique des ministres, et
l'on fermait ainsi toute porte de communication
entre les deux pouvoirs. Les conflits ne tardèrent
à naître, mais entre un président, fort de huit
millions de suffrages, pouvant, seul, donner des

(1) Art. 32 : Elle (l'Assemblée) est permanente, néanmoins elle peut s'ajourner à un terme qu'elle fixe. Pendant
la durée de la prorogation, une commission composée des
membres du bureau et de 25 représentants, nommés par
l'assemblée au scrutin secret et à la majorité absolue a le
droit de la convoquer en cas d'urgence.
(2) *Moniteur* du 12 oct. 1848, p. 2.816.
(3) Art. 51 : Il (le Président) ne peut céder aucune por-
tion de territoire, ni dissoudre, ni proroger l'assemblée
nationale, ni suspendre en aucune manière, l'exercice de la
Constitution et des lois.
(4) MATTER : Diss. des Ass. parlem., p. 89.

ordres, et une assemblée, obligée de délibérer pour se faire obéir, la lutte ne devait pas être longue : le coup d'Etat du Deux-Décembre fut la conséquence inévitable pour ne pas dire logique de l'organisation de 1848.

La Constitution du 14 janvier 1852 concentre tous les pouvoirs entre les mains du prince-président ; elle prolonge son mandat et lui donne action sur les assemblées législatives. L'article 46 disait : « Le Président de la République convoque, ajourne proroge et dissout le corps législatif.» Le droit de prorogation était cependant limité, en ce sens que la session ordinaire devait durer trois mois au moins. Mais le droit d'ajournement était absolu. De plus les nouvelles lois contenaient cette disposition singulière, que la dissolution du corps législatif n'entraînait pas nécessairement la prorogation du Sénat. Donc, tout en établissant le système de la dualité parlementaire, le gouvernement se ménageait la possibilité d'exercer le pouvoir avec celles des deux Chambres qui était de nature à favoriser ses tendances (art. 33). Le corps législatif n'avait pas l'initiative des lois, celles-ci étaient préparées par le Conseil d'Etat, qui devait également approuver les amendements proposés par les représentants. En cas de dissolution, les collèges électoraux étaient convoqués dans le délai de six mois. Le pouvoir exécutif l'emportait encore et la proclamation de l'Empire qui suivit d'une année le coup d'Etat du Deux-Décembre, ne fut que la consécration officielle du nouvel état de choses. L'étiquette de République convenait en effet mal à ce rétablissement intégral du pouvoir personnel.

Mais les choses sont plus fortes que les mots. Insensiblement le parti libéral se réveilla, et la sympathie générale dont il fut entouré, prouva que la nation aspirait à un régime parlementaire. Bientôt il fut clair que l'Empire était perdu, s'il ne rompait avec ses traditions autoritaires. Napoléon III le comprit et promulgua avec le concours d'un ministre libéral, M. Emile Ollivier, le Sénatus-consulte du 21 mai 1870. C'était en réalité une constitution nouvelle, qui augmentait le pouvoir des Chambres, et établissait la responsabilité ministérielle, comme contre-poids aux droits de clôture et de dissolution. L'article 19 était conçu dans les termes suivants : « l'Empereur nomme et révoque les ministres. Les ministres délibèrent en conseil sous la présidence de l'Empereur, ils sont responsables. » Et l'article 35 « l'Empereur ajourne, proroge et dissout le corps législatif. — L'Empereur prononce la clôture des sessions du corps législatif ». Le pouvoir exécutif jouissait sans conteste du droit d'ajournement, de prorogation et de clôture : le mot prorogation était pris ici dans son sens propre, c'est-à-dire que l'Empereur pouvait sans prononcer la clôture, ajourner les Chambres pour un temps indéterminé. Cette nouvelle organisation contenait la règle essentielle du régime parlementaire : l'équilibre des pouvoirs. Néanmoins la prorogation du Sénat n'avait pas lieu de plein droit par le fait de la dissolution du corps législatif, ce qui était évidemment une lacune. Un plébiscite du 8 mai 1870 soumit ce régime à la ratification populaire : la nation par sept millions de « oui » contre un million et demi de « non » sanctionna l'Empire libéral. D'aucuns virent dans ce résultat une manifestation en faveur de l'Empire, et se crurent tout à coup ramenés dix-huit ans en arrière : les esprits avisés ne s'y trompèrent pas. « Est-ce à dire, écrivait-on, que par ce dénouement victorieux, nous soyons tout à coup ramenés aux beaux jours de 1852, et que le germe plébiscitaire laissé dans la Constitution nouvelle, suffise pour vicier le régime parlementaire qui s'efforce de renaître parmi nous ? Ce serait interpréter étrangement les faits et compter pour bien peu le chemin parcouru. Le pays consulté n'a point séparé la liberté de l'Empire dans son vote ; mais c'est une autre question de savoir s'il eut voté encore une fois l'Empire sans la liberté ; de telle sorte que les deux choses se tiennent aujourd'hui, le vote les a confondues et c'est la liberté qui a triomphé

autant que l'Empire (1) ». En effet la nation qui
avait fait l'essai du régime parlementaire sous la
monarchie de Juillet, n'en avait point perdu le souvenir. — La déclaration de guerre et les évènements
qui suivirent, firent tomber au bout de quelques
semaines le Sénatus-consulte de 1870.

II

Tels étaient les précédents en face desquels se
trouva l'Assemblée nationale en 1873, lorsqu'il fut
question de donner une constitution définitive à la
France. D'une part, donner au Président de la
République le droit absolu de clore, d'ajourner et
de proroger la session des Chambres ; d'autre part,
créer une Assemblée permanente seule maîtresse de
la durée de ses sessions .Nous avons, dans les pages
qui précèdent, montré les inconvénients de l'un et
de l'autre de ces deux systèmes : le premier eût
asservi le pouvoir législatif et ouvert la porte à un
nouveau coup d'état, le second eût annihilé le
pouvoir exécutif et placé la France sous la domi-
nation d'une majorité parlementaire. La Commission des Trente trouva la solution dans un moyen

---

(1) C. DE MAZADE : *Revue des Deux-Mondes* 15 mai 1870.
Cf. BERTON : *Evolution constitutionnelle au Second Empire*, 1900.

terme. La Constitution tout entière d'ailleurs, est le résultat de concessions réciproques. Les deux partis monarchiste et républicain qui se partageaient l'Assemblée en fractions à peu près égales, n'ayant pu faire triompher la plénitude de leurs principes respectifs, eurent en effet recours à une transaction. Une constitution républicaine copiée sur un régime monarchique, telle fut l'œuvre des lois constitutionnelles de 1875. Un régime républicain eût exigé la permanence de l'Assemblée, un régime monarchique faisait de la périodicité la condition même de son existence, l'on transigea et l'on établit une périodicité mitigée. Nous avons montré plus haut, les caractères généraux de cette organisation, nous n'y reviendrons qu'en ce qui concerne le droit de clôture.

L'article 2 de la loi constitutionnelle du 16 juillet 1875 s'exprime ainsi : « Le Président de la République prononce la clôture de la session ». C'est là un droit spécial et particulier, qui appartient tout entier au Président, et les Chambres en aucune circonstance, ne peuvent se l'attribuer. A quelles conditions s'exerce-t-il ? Nous devons distinguer ici entre la session ordinaire et la session extraordinaire. La session ordinaire devant durer cinq mois au moins, la clôture ne peut intervenir qu'au bout de ces cinq mois. Toute clôture prononcée avant l'expiration de ce délai serait nulle et de nul effet (1). Donc si le Gouvernement veut se débarrasser des Chambres pendant la session ordinaire, il n'a pour toute ressource que l'ajournement d'un mois. Qu'arriverait-il s'il prononçait néanmoins la clôture ? Le cas peu susceptible d'application pratique ne s'est encore jamais présenté. Il est probable que les Chambres considéreraient cette mesure comme un simple ajournement et se réuniraient de plein droit un mois après. Si le lieu de leurs séances leur était interdit, les présidents auraient le droit de requérir la force armée : il y aurait conflit entre l'autorité gouverne-

(1) La loi du 22 juillet 1893 a fait naître à ce sujet une difficulté constitutionnelle. Cette loi qui avait pour objet de fixer au printemps l'époque des élections, prorogeait le mandat de la Chambre élue au mois d'août 1893, jusqu'au 31 mai 1898. La question fut la suivante : la Chambre nouvelle élue pendant la durée de la session ordinaire, — laquelle commencée le 2e mardi de janvier, doit être de cinq mois au moins — continuait-elle la session de l'ancienne Chambre ou commençait-elle une session extraordinaire ? Par suite un décret de convocation était-il nécessaire pour la réunion légale de la nouvelle Assemblée, et un décret de clôture pouvait-il intervenir aussitôt après sa constitution ? ou celle-ci devait-elle se réunir de plein droit et achever la session commencée ? Le problème naquit lors des élections de 1898. Jusqu'à cette époque, en effet, les élections générales avaient toujours eu lieu pendant les mois d'été, c'est-à-dire après le décret de clôture de la session ordinaire : c'était là la conséquence naturelle de la dissolution de 1877 et des élections qui suivirent, lesquelles eurent lieu en octobre. Une convocation en session extraordinaire intervenait immédiatement après la clôture des opérations électorales et il n'y avait pas de difficulté. Mais

mentale et l'autorité des assemblées, ce serait la guerre civile ou le coup d'état. Mais alors le Gouvernement ne se serait pas borné à clore la session parlementaire, il aurait purement et simplement fait dissoudre le Parlement.

Sauf cette restriction de cinq mois, la clôture de la session peut intervenir à n'importe quel moment.

En ce qui concerne la session extraordinaire, le président n'est tenu à aucune espèce de délai :

que fallait-il décider avec la loi de 1893 ? D'aucuns soutinrent que la Chambre élue le 8 mai 1898 ne pouvait se réunir de plein droit, qu'en effet l'expiration de la législature avait entraîné clôture de session, que d'ailleurs la Chambre procédait, lors de sa première réunion, à l'élection de son bureau, ce qui était l'indice d'un début et non d'une continuation de session.

Une opinion plus acceptable soutint que l'Assemblée nouvelle ne pouvait que continuer la session ordinaire commencée par l'ancienne, sous peine de violer la constitution. En effet, celle-ci, en fixant à cinq mois la durée de la session ordinaire n'exige pas que cette session soit celle d'une même assemblée, mais ce qu'elle veut, c'est que le pouvoir législatif soit libre de se réunir pendant cinq mois, à partir du 2ᵉ mardi de janvier. Quant à l'objection tirée de ce fait que la Chambre nouvellement élue procède à l'élection de son bureau, elle ne saurait nous émouvoir : en adoptant la solution opposée, on se heurterait à des difficultés pratiques indiscutables. Qu'adviendrait-il en effet si le président n'était pas réélu ?

En fait, la Chambre a tranché ce débat de sa propre autorité en décidant lors de sa dernière séance avant les élections de 1898, qu'elle se réunirait de plein droit le 1ᵉʳ juin. Depuis lors, la même jurisprudence a été reprise sans contestation (Cf. *Rev. du Droit public*, tome II, p. 144, MOREAU, *Chron. constitutionnelle et parlementaire*).

la durée de la session ne dépend que de son bon vouloir. Son existence en dépend aussi, à moins que les Chambres n'usent du droit que leur confère le paragraphe 2 de l'article second de la loi précitée. Voilà pour la théorie. Mais en pratique le Président de la République n'intervient que pour la forme dans la clôture et la convocation de la session extraordinaire. Celle-ci est devenue la règle, au lieu d'être restée l'exception. En effet, elle est rendue indispensable pour discuter et voter le budget, choses que l'on ne fait jamais en session ordinaire, de sorte que si la convocation est obligatoire, la clôture elle-même n'interviendra que le jour où les deux Chambres se seront mises d'accord sur l'ensemble. Cette pratique présente à notre avis un double inconvénient : elle transforme la périodicité, en permanence, et substitue ainsi les défauts de ce dernier système, aux avantages de celui adopté en 1875 ; d'autre part, en votant un budget de trois milliards dans les derniers mois de l'année, l'on s'expose à faire une œuvre hâtive ou à rendre nécessaires un ou plusieurs douzièmes provisoires (1). « En se laissant acculer, dit M. Raphaël-Georges Lévy, jusqu'à l'extrême limite du délai dans lequel les impôts doivent être votés, les législateurs s'interdisent tout débat de quelque ampleur

(1) En 1899 il y eut jusqu'à cinq douzièmes provisoires.

sur les questions fondamentales ; ils consacrent leur impuissance et se condamnent à une politique d'expédients (1) ».

Il y aurait là des motifs assez sérieux pour amener sur ce point une réforme dans nos usages parlementaires (2).

Le projet de la Commission des Trente sur le droit de clôture fut adopté sans discussion par

---

(1) RAPHAEL-GEORGES LÉVY : *le Budget de 1900*. *Revue des Deux-Mondes*, 15 novembre 1899.

(2) Frappé de ces inconvénients, M. Peytral, ministre des Finances, déposa au mois de mai 1888 un projet de loi ayant pour objet de reporter l'ouverture de l'année financière au 1er juillet. De telle sorte que le projet de budget déposé en novembre, les Chambres auraient dû consacrer à son examen une partie de leur session ordinaire. La Commission parlementaire chargée de l'étude du projet pour la Chambre, voulut y insérer une disposition indiquant expressément la date à laquelle le budget devrait être déposé par le Gouvernement. M. Peytral en référa au Conseil des ministres qui déclara qu'une disposition rendant obligatoire le dépôt du budget en novembre ou décembre, rendrait par le fait même nécessaire la session extraordinaire, or la session extraordinaire est réservée à l'appréciation du Gouvernement. La disposition proposée aurait violé donc l'article 2 de la loi du 16 juillet 1875. Les ministres rédigèrent alors un nouveau texte ainsi conçu : « Le budget sera présenté chaque année au plus tard à l'ouverture de la session ordinaire ou extraordinaire qui suivra celle où le précédent budget aura été voté. » La Commission de la Chambre repoussa ce texte pour adopter celui que proposa un de ses membres, M. Philippon, texte au terme duquel le projet budgétaire devait être déposé et distribué aux membres du Parlement avant le 30 novembre de chaque année. Bien qu'en fait cette disposition contînt le même défaut d'inconstitutionnalité qui

l'Assemblée nationale dans sa séance du 16 juillet 1875 ; une seule précision fut demandée au sujet du droit d'ajournement (1).

Les conditions générales de toute clôture régulière, énoncées plus haut, s'appliquent ici. Il faut un décret, et ce décret doit être doit être lu le même jour au Sénat et à la Chambre des députés. Le décret de clôture est contresigné par un ministre qui, par là, en assume la responsabilité.

Mais les Chambres peuvent-elles par voie de résolution ou d'ordre du jour influer sur le décret de clôture ? La question s'est posée à la Chambre des députés au cours de la séance du 12 décembre 1905. Un projet de modification du règlement dont le but était de substituer le scrutin public au scrutin secret pour l'élection du bureau, avait été déposé. Désirant, pour des raisons politiques que nous n'avons pas à apprécier ici, voir appliquer l'article modifié lors des élections de janvier 1906, un député, M. Gouzy, déposa sur le bureau de la Cham-

---

avait fait rejeter la première, le Conseil des ministres l'adopta. Le projet Peytral admis ensuite par la Chambre des députés, fut repoussé par le Sénat dans la séance du 12 juin 1888, après une longue discussion entre le Ministre des finances et M. Léon Say, rapporteur qui, au nom de la Commission sénatoriale, concluait au rejet du projet de loi. (*J. off.* 13 juin 1888 page 908 ; le *Temps*, des 24, 25, 26 et 23 mai 1888).

(1) *J. off.* 17 juillet 1875.

bre une résolution ainsi conçue : « La Chambre, résolue à substituer le scrutin public au scrutin secret pour l'élection de son bureau, compte sur le Gouvernement pour 'ne pas exercer son droit de clôture, avant qu'il ait été statué sur le rapport de la commission du règlement. »

M. Charles Benoist s'éleva contre l'inconstitutionnalité d'une telle proposition : « La clôture de la session, dit-il, est un acte qui appartient exclusivement au pouvoir exécutif ; par conséquent à aucun degré ni dans aucune mesure, la Chambre ne peut inviter le Gouvernement à clore la session à tel ou tel moment. »

Tel ne fut pas l'avis de M. Trouillot, ministre du Commerce, lequel, au nom du gouvernement, conclut à la constitutionnalité de la motion. M. Gerville-Réache, vice-président, intervint alors et dit : « Sans doute la clôture est un droit du gouvernement, mais il appartient à la Chambre, et elle l'a déjà fait, soit en matière de convocation, soit en matière de dissolution, de demander au gouvernement d'user ou de ne pas user de son droit constitutionnel. » Cette déclaration fut appuyée par M. Jean Codet, président de la commission du règlement. Nous estimons, quant à nous, que seul M. Charles Benoist interprétait fidèlement la Constitution. En effet, donner aux Chambres le droit de paralyser par un ordre du jour l'exercice d'un droit que la

Constitution a conféré au chef de l'Etat « ce serait faire trop bon marché de la prérogative gouvernementale et des droits que la Constitution confère au pouvoir exécutif. » Ce serait en un mot violer ouvertement la Constitution. (1)

Le décret de clôture n'est motivé que par l'art. 2 de la loi constitutionnelle du 16 juillet 1875 ; il est généralement lu à la Chambre par le Président du Conseil et au Sénat par le ministre qui vient immédiatement après lui dans l'ordre des préséances. Cependant rien ne s'opposerait à ce que ce fût le Président de l'Assemblée qui fît lui-même cette lecture. (2)

En vertu de la règle qui dispense les ministres de tout ordre d'inscription, règle qui s'appuie sur l'art. 6-2 de la loi du 16 juillet 1875, la clôture peut être prononcée à n'importe quel moment de la séance. (3) Aussitôt que le décret a été lu, le président en donne acte au gouvernement et en ordonne le dépôt aux archives. Personne alors ne peut plus

---

(1) *Journ, offic.* 13 décembre 1905.
(2) *Journ. Offic.* 10 août 1882, p. 1549.
(3) Règlements : Sénat, art. 36 ; Chambre des députés, art. 103.
Note. — Le gouvernement a usé du droit d'interrompre la séance dans plusieurs circonstances, notamment aux séances de la Chambre du 28 juillet 1894 et du 6 juillet 1901. L'exercice de ce droit, bien qu'ayant donné lieu à de

prendre la parole, même pour un fait personnel ou pour un rappel au règlement.

« Lorsqu'un membre du gouvernement, dit M. Pierre, a demandé la parole pour communiquer à la Chambre le décret de clôture, personne ne peut

vifs incidents, n'en a pas moins été considéré comme parfaitement légal.

SÉANCE DU 28 JUILLET 1894

(Le décret de clôture vient d'être lu par le Président du Conseil).

M. Paul Vigné. — Je demande la parole sur le procès-verbal.

M. le Président. — La parole est à M. Vigné.

M. Paul Vigné. — Messieurs, j'avais déposé au commencement de la séance, entre les mains de M. le Président, une proposition de loi pour laquelle je demandais le bénéfice de l'urgence et la discussion immédiate. Cette proposition avait pour but d'ouvrir un crédit de 195.000 francs en faveur des mineurs de Graissenac...

. . . .

M. le Président. — M. Vigné avait demandé de déposer une proposition pour laquelle il voulait solliciter la déclaration d'urgence. Sa proposition a été reçue par le bureau ; le dépôt est fait. M. Vigné a donc satisfaction sur ce point.

En ce qui concerne l'urgence, je ne pouvais pas donner la parole à M. Vigné, ni à aucun de nos collègues pour ouvrir un débat, à partir du moment où M. le Président du Conseil, usant de son droit, a réclamé la parole pour lire le décret de clôture.

Les précédents sont tous en ce sens.

Il est même arrivé qu'un vote qui était en suspens n'a pu être achevé parce que le Président du Conseil avait demandé la parole pour lire le décret de clôture *et que son droit de l'avoir était absolu.*

plus avoir la parole, même pour un rappel au règlement, car l'application du règlement est un acte de la vie intérieure des assemblées et cette vie de-

M. LE PRÉSIDENT DU CONSEIL. — Il y a dix-neuf ans que les choses se passent ainsi.

SÉANCE DU 6 JUILLET 1901

M. LE PRÉSIDENT. — La parole est à M. Zévaès pour la fixation de la date de l'interpellation qu'il a déposée hier et que M. le Ministre des Travaux publics a proposé de joindre à celle de M. Pastre.

M. Alexandre ZÉVAÈS. — J'ai eu l'honneur de déposer hier, sur le bureau de la Chambre, une demande d'interpellation relative aux influences cléricales qui se manifestent dans l'Université et aux mesures prises par le gouvernement contre les professeurs républicains et socialistes. Mes amis et moi nous demandons à la Chambre de fixer aujourd'hui la date de cette interpellation.

(Sur divers bancs) : A la suite des autres.

M. Alexandre ZÉVAÈS. — Nous allons voir si la majorité et le Gouvernement entendent persévérer dans les procédés d'étouffement dont ils ont donné l'exemple hier.

(Exclamations sur divers bancs. - Applaudissements à l'Extrême gauche.)

Je demande la discussion immédiate de mon interpellation. (Bruit).

M. PÉRILLIER. — M le Ministre de l'Instruction publique s'était mis hier à la disposition de la Chambre.

M René VIVIANI. - Après avoir fait mettre l'admission temporaire à l'ordre du jour.

M. Georges LEYGUES, ministre de l'Instruction publique et des Beaux-Arts. — J'ai dit dès hier que j'étais à la disposition de la Chambre (Très bien, très bien.)

M WALDECK-ROUSSEAU, président du Conseil, ministre de l'Intérieur et des cultes. — Je demande la parole pour une communication du gouvernement. (Exclamations à l'Extrême-gauche. Applaudissements sur un grand nombre de bancs.)

meure suspendue dès que le gouvernement déclare user du droit de clôture qui lui appartient (1)».

Le Président ordonne la lecture du procès-verbal de la séance et fixe ensuite l'ordre du jour, mais cette fixation ne peut donner lieu à aucun débat politique ; seules les observations sur le procès-verbal peuvent être entendues. Toute parole, toute protestation que le Président n'aurait pas pu prévenir ne figurerait ni au procès-verbal de la séance,

M. le Président. — La parole est à M. le Président du Conseil pour une communication du gouvernement.

(Suit le décret de clôture)

(1) Pierre : p. 558 et suiv.
Un incident s'est produit à ce sujet à la séance du 13 juillet 1904 entre M. Brisson, président et M. Lasies : il a été réglé conformément aux principes que nous venons d'énoncer.

M. Lasies. — Je demande la parole.

M. le Président. — La parole est à M. le Président du Conseil.

M. Lasies. — Je demande la parole pour un rappel au règlement ; vous ne pouvez pas me la refuser.

M. le Président. — C'est inconstitutionnel. Vous n'avez pas plus la parole pour un rappel au règlement que pour autre chose.

M. Lasies. — C'est la violation de tous nos droits. C'est un véritable coup d'Etat que vous commettez en ce moment.

M. le Président. — Je répète que la parole est à M. le Président du Conseil pour une communication du gouvernement.

(Suit le décret de clôture)

ni au *Journal Officiel*. Ces règles s'appliquent également au décret d'ajournement. (1)

La règle de l'unité de session (art.1,1. du 16 juillet 1875) veut que le décret soit lu aux deux Chambres le même jour. Il est évidemment impossible que cette lecture ait lieu partout au même instant ; cependant une interprétation exacte des lois constitutionnelles et une pratique parlementaire constante font aux membres du gouvernement un devoir de lire le décret de clôture dans la Chambre où ils se trouvent, dès qu'ils ont appris que la session a déjà été close dans l'autre assemblée. Ils ont ce droit, alors même que le décret de clôture interromprait une discussion en cours (2) ou laisserait en suspens un vote déclaré nul faute de quorum. (3) S'ils ne se conforment pas à cette règle, le président de l'Assemblée a le droit de la leur rappeler et le devoir de refuser la parole aux orateurs qui la demandent.

Un incident s'est produit à ce sujet dans la séance du Sénat du 15 juillet 1889 : M. Gustave Humbert, vice-président, venait d'être informé que le décret de clôture avait été lu à la Chambre et que celle-ci était déjà séparée. Il interrompit alors la discussion

(1) *J. Offic.* du 18 mai 1877.
(2) Cf. *J. Offic.* 19 juillet 1888, p. 1334.
(3) Cf *J. Offic.* 30 juillet 1881, p. 1383.

du budget, qui se poursuivait, et invita M. Tirard,
président du Conseil, à donner lecture du décret
de clôture. M. Tirard soutint que le Sénat pouvait
siéger encore quelques heures sans, pour cela, violer la Constitution ; il pria même le président de
vouloir bien soumettre la question au Sénat. M.
Gustave Humbert répondit avec raison que, d'une
part, tous les précédents étaient conformes à son
interprétation et que, d'ailleurs, il ne pouvait soumettre à l'Assemblée la violation de la Constitution.
Force fut donc au gouvernement de prononcer la
clôture. (1)

Or, M. Humbert était évidemment dans la vérité.
La Constitution dit : « La session de l'une (des deux
Chambres) commence et finit en même temps que
l'autre »; elle n'implique pas de délai.

Sans doute, comme le faisait remarquer M. Tirard, « il n'est jamais arrivé que les délibérations
des deux assemblées aient été closes instantané-
ment et comme par une sorte de double mouvement automatique » ; cependant ce serait s'engager
dans une voie dangereuse, que de poser comme
principe qu'un espace de temps, fût-il de quelques
heures, pût séparer la lecture du décret de clôture
dans l'une et dans l'autre Chambre. Aucun texte
n'autorise cette interprétation qui serait de nature

(1) *J. Offic.* 16 juillet 1889, p. 1044.

à produire les effets les plus fâcheux : l'Assemblée qui bénéficie du prolongement pourrait en profiter, par exemple, pour prendre des résolutions importantes, dont la constitutionnalité risquerait d'être contestée par l'autre, ce qui serait une source de conflits ; ou encore, comme le fait remarquer M. Pierre, « la suite des délibérations pourrait conduire cette assemblée à des votes que l'autre ne pourrait plus sanctionner et qu'il y aurait inconvénient à laisser en suspens. » (1) Si le gouvernement veut permettre à l'une des deux Chambres d'expédier certaines affaires, il a un moyen bien simple : c'est d'ajourner de quelques instants la lecture de son décret dans celle des assemblées qui a épuisé son ordre du jour ; (2) il lui suffira, pour cela, de solliciter une suspension de séance qui ne sera jamais refusée (3).

La règle de l'indivisibilité de la session ne fait

(1) Pierre : *Traité de droit politique*, n° 503.
(2) Cette jurisprudence paraît cependant avoir été légèrement étendue : à l'expiration de la session ordinaire de 1901, le Sénat s'était réuni après la séparation de la Chambre dans le but d'entendre le rapport de la commission des finances. « Il résulte de ce précédent, dit M. Pierre qu'une Chambre peut, après le départ de l'autre terminer les affaires inscrites à son ordre du jour, mais qu'elle ne saurait en inscrire de nouvelles. » Cela est-il bien constitutionnel ? (Pierre : *Traité de droit politique*, 1902, p. 558) — *J. Off.* 7 juillet 1901.
(3) *Cf. J. Off.* 17 août 1884, p. 1476.

pas obstacle à ce que les Chambres s'ajournent elles-mêmes à des dates différentes : la règle posée par la Constitution est respectée, du moment qu'elles ne sont pas dans l'impossibilité légale de se réunir *(1)*.

Le principe de l'unité et de l'indivisibilité de la session est un principe essentiel de notre régime : il est consacré officiellement par les articles 1 et 4 de la loi constitutionnelle du 16 juillet 1875 et, ainsi que nous l'avons indiqué déjà, les constituants ont tenu à ce qu'il fût appliqué dans toute son intégrité. Ainsi donc, si la clôture intervenait dans l'une des deux Chambres, un jour seulement après la clôture de l'autre, tous les actes faits pendant ces vingt-quatre heures seraient nuls et de nul effet. C'est ainsi que la dissolution de la Chambre entraîne de plein droit la prorogation du Sénat (2).

Deux exceptions seulement sont faites à cette règle : elles sont établies par les articles 3 et 4 de la loi du 16 juillet 1875 et par l'article 9 de la loi du 24 février 1875.

La première (art. 3, l. du 16 juillet 1875) est relative au cas où la Chambre serait dissoute au moment

(1) *Cf.* Duguit : *droit const.*, n° 117 ; Pierre, loc. précit., p. 680.
(2) *Cf.* Décl. de MM. Dufaure et Buffet dans la séance de la commission des lois constitutionnelles du 29 mai 1875 — Poudra et Pierre, *Org. des pouvoirs publics*, p. 30 et 31.

où la Présidence de la République deviendrait
vacante. Dans ce cas, dit l'article, les collèges électoraux seraient immédiatement convoqués et le
Sénat se réunirait de plein droit. Quel est le but
de cette disposition ? Le Sénat aura pour mission
d'assister le Conseil des Ministres, investi pendant
la durée de la vacance, du pouvoir exécutif. Mais il
ne pourra faire que des actes conservatoires (1).
Aucune loi votée par lui seul ne pourrait être promulguée.

Le Sénat pourra également siéger seul et hors
session, lorsque par application de l'article 9 de la
loi du 24 février 1875, il aura été constitué en Haute-
Cour de justice. Mais à vrai dire, il ne saurait dans ce
cas, être considéré comme assemblée législative, du
moment qu'il ne peut exercer que des fonctions
judiciaires, (art. 4 loi du 16 juillet 1875).

Une fois la clôture prononcée, les Chambres ne
peuvent plus se réunir. Toute assemblée isolée ou
pleinière serait nulle et devrait être dispersée par la
force. Le Gouvernement aurait donc le droit de
poursuivre sans l'assentiment préalable des Chambres, ceux des représentants qui auraient provoqué
la réunion ; à moins qu'il ne s'agisse que d'une
manifestation, à laquelle se seraient associés indi-

(1) Rapp. LABOULAYE, *Ann. de l'Ass. nat.* *XXXVIII*,
p. 221.

viduellement les membres du Parlement. Les
Chambres doivent attendre pour siéger régulièrement, soit une convocation en session extraordinaire, soit le second mardi de janvier, date de
l'ouverture de la session ordinaire. Tel est le principe. Il souffre cependant trois exceptions :

1° Si la présidence de la République devient
vacante, le Sénat et la Chambre des députés se
réunissent de plein droit (art. 3-31. du 16 juillet 1875).
Il ne faut pas se méprendre sur la portée de cet
article : la réunion du Parlement n'a pour objet que
de constituer l'Assemblée nationale à l'effet d'élire
un nouveau président. Mais les Chambres ne pourraient pas invoquer l'ambiguïté du texte, pour se
réunir séparément avant l'élection et statuer sur des
actes politiques et législatifs. Ce serait violer l'article 7 de la loi du 25 février 1875 qui ordonne leur
réunion immédiate en Assemblée nationale. Néanmoins pour plus de clarté et de précision, il aurait
fallu, semble-t-il, ajouter au texte de l'article 2 pré-
cité : « Les deux Chambres se réunissent *en Assemblée nationale*, immédiatement et de plein droit ».
Leur réunion n'a pas ici un caractère législatif, elle
n'est pas destinée à controler les actes du Conseil
des ministres pendant l'interrègne présidentiel :
hors la session commune, elles ne sont dans le cas
qui nous occupe, qu'un simple corps électoral. Il en
est autrement, si la vacance de la Présidence vient

à se produire pendant le cours d'une session : sur
ce point deux opinions se sont fait jour. M. Pierre
soutient qu'à partir du décès ou de la démission du
président de la République, les deux Chambres
cessent d'être un organe législatif pour devenir un
corps électoral (1) ; il base sa manière de voir sur le
mot « *immédiatement* » contenu dans le texte de
l'article 7 de la loi du 25 février 1875. M. Duguit a
fait une juste critique d'un pareil système, lequel,
déclare-t-il, est inadmissible en droit et en fait. « En
droit il n'y a d'Assemblée nationale constituée pour
élire le Président et par conséquent corps électoral
présidentiel que du moment ou députés et sénateurs étant réunis à Versailles, le président de
l'Assemblée nationale a prononcé la formule : « Je
déclare l'Assemblée nationale constituée » Jusque là
il y a des Chambres législatives : *si elles sont en
session*, elles peuvent s'assembler suivant le droit
commun, recevoir et voter des propositions. Il y a
un gouvernement parfaitement régulier, qui peut
faire des propositions de toute espèce, qui peut
prendre part aux délibérations du Parlement puisqu'à l'article 7-2 de la loi du 25 février 1875 il est
dit : « Dans l'intervalle le Conseil des ministres, est
investi du pouvoir exécutif. » En fait il est inadmis-

_____

(1) PIERRE : *Traité de droit polit.*, 2e édit. 1902,
p. 360.

sible que les Chambres ne puissent pas pendant là durée de la vacance recevoir et voter des propositions. Il peut y avoir là une période de crise grave, éxigeant le vote de mesures législatives d'une extrême urgence, et l'on ne saurait admettre que les pouvoirs fussent en quelque sorte désarmés (1) ». Nous n'adhérons bien entendu à ce système que dans l'hypothèse ou les Chambres se trouvent en session. Si la période de crise dont parle M. Duguit, se produit hors cette session, nous retombons alors dans le premier cas, et nous ne reconnaissons pas aux Chambres le caractère d'assemblées législatives. S'il y a des mesures à prendre avec le concours du Parlement, le gouvernement devra le convoquer à cet effet : si cette convocation n'a pas lieu et que néanmoins les Chambres l'estiment nécessaire, elles devront en faire la demande conformément aux dispositions de l'article 2-1 de la loi du 25 juillet 1875.

2° La seconde exception est relative à la proclamation de l'état de siège. D'après l'article 2 de la loi du 3 avril 1878, en cas d'ajournement des Chambres, le président de la République peut déclarer l'état de siège de l'avis du Conseil des ministres,

(1) Duguit : *Droit constitut.*, 1907, p. 975 et s. Cf. en sens contraire, décl. Brisson. C. D. 16 janvier 1895. *J. Off.* 17 janvier 1895, p. 71.

mais alors les Chambres se réunissent de plein droit deux jours après. Ici le mot ajournement doit être pris aussi dans le sens de clôture de la session, sans cela le texte n'aurait aucun sens (1). Il faut étendre aussi ce texte au cas où les Chambres auraient elles-mêmes prononcé l'ajournement (2). Dans ce cas les Chambres ne peuvent-elles statuer que sur l'état de siège ? Les travaux préparatoires semblent indiquer qu'il y a là une session extraordinaire : en effet la question d'inconstitutionnalité fut posée devant la commission sénatoriale chargée de rapporter la loi : on soutint que la Constitution ayant fixé elle-même les cas de réunion obligatoire hors session, on ne pouvait par une simple loi, ajouter quelque chose à ces dispositions. M. Savary, sous-secrétaire d'Etat au ministère de la guerre, répondit à l'objection par des considérations d'intérêt général. « La déclaration d'état de siège, dit-il, faite en dehors du concours du Parlement, doit avoir un caractère provisoire et contenir pour les membres invitations à se réunir de plein droit dans le délai le plus rapproché, afin que le pouvoir exécutif ne reste pas seul en face de l'insurrection et que les Chambres soient appelées à se prononcer immédiatement, *non point sur le maintien ou sur la*

(1) TH. REINACH : *De l'état de siège*, p. 131.
(2) TH. REINACH : Op. précit.

levée de l'état de siège, mais sur toutes les circonstances graves au milieu desquels se trouve le pays,
et qui ont motivé de la part du gouvernement la
déclaration d'état de siège (1) ». Le Parlement
adopta cette manière de voir : il faut en conclure
que les Chambres réunies dans cette hypothèse,
siègeraient en véritable session extraordinaire.

3° La troisième exception résulte du droit conféré
aux Chambres par l'article 2 de la loi du 16 juillet 1875 : Il (le président de la République) devra les
convoquer si la demande en est faite dans l'intervalle des sessions, par la majorité absolue des membres composant chaque Chambre ». Evidemment
dans un pareil cas une convocation est nécessaire,
mais il résulte des travaux préparatoires et du texte
même de la loi, que si cette convocation est régulière le gouvernement ne peut pas ne pas la faire ; s'il
s'obstine à garder le silence les Chambres se réunis-
ront de plein droit. Ce droit est une survivance de la
permanence, ce fut une concession au parti républicain (2) ; aussi fut-il limité à la simple clôture de la

(1) *J. off.* 16 mars 1878, p. 2949.
(2) La commission avait proposé de limiter à un tiers des
membres composant chaque Chambre le nombre de députés
nécessaire pour faire cette demande de convocation. Mais
M. Dufaure s'y opposa en montrant les difficultés que ne
manquerait pas de faire naître un tel système, dans lequel
en effet, un tiers des membres, pourrait imposer à la
majorité, une convocation dont celle-ci ne voudrait pas.

session. On ne voulut pas (V.Supra) que les Chambres pussent répondre à un décret d'ajournement par une demande de convocation. Néanmoins une telle disposition porte une atteinte très grave au droit de clôture, elle constitue une limite de plus à l'exercice de ce droit On peut même dire qu'elle le paralyse, en ce sens que si la clôture est prononcée malgré la majorité parlementaire, celle-ci pourra passer outre en éxigeant une convocation immédiate : il ne restera plus au gouvernement que la ressource d'un ajournement ou d'une dissolution. Or ce sont là des mesures extrêmes dont l'usage serait d'ailleurs très difficile aujourd'hui:

Mais quelle est cette majorité dont parle l'article 2 de la loi de 1875 ? Faut il entendre par là la moitié plus un des membres composant légalement chaque assemblée, ou faut-il déduire de ce nombre, celui des sièges actuellement vacants ? Sur ce point les auteurs ne sont pas d'accord. M. Pierre soutient qu'il s'agit là « d'une majorité invariable, calculée d'après le nombre légal des sénateurs et des députés ; pour l'établir, la déduction des sièges vacants ne saurait être admise (1) ». M. Esmein se prononce dans un sens différent. « Ce qu'on a voulu, dit-il,

L'assemblée nationale se rallia à cette manière de voir et repoussa le texte de sa commission. (Cf.Rapport Laboulaye-Esmein, El du droit const., p. 553).

(1) PIERRE : *Traité de droit politique*, n° 499.

c'est que la convocation ne put pas être blâmée par la majorité effective des Chambres. Il n'est donc pas nécessaire d'exiger la majorité fictive. Il n'est pas rationnel d'augmenter encore les difficultés d'une procédure que la commission jugeait déjà trop difficile et qui n'aboutit par elle-même qu'à une sorte de mesure conservatoire dans l'intérêt général (1) ». Nous nous rangeons à ce dernier avis, qui semble bien interpréter la pensée du législateur. D'ailleurs l'absence de précédents empêche de trancher la question de façon précise : la solution dépendrait exclusivement du gouvernement, qui serait libre d'exiger ou de négliger la majorité légale pour la régularité de la demande.

Une dernière question reste à résoudre celle du droit pour le gouvernement de proroger ou de clore l'Assemblée nationale. A cette question nous devons évidemment répondre par la négative. L'Assemblée nationale est en France le pouvoir constituant, sauf le cas où elle élit le président de la République. encore la question est-elle contestable. Or une assemblée constituante est par essence permanente, d'autant qu'il dépend d'elle de conserver ou de retirer au pouvoir exécutif, le droit général de clôture. Evidemment la révision de la Constitution sur tel ou tel point ne peut être inscrite à son ordre

_____

(1) Esmein : *El. de droit const.*, p. 553.

du jour, que si elle est précédée d'une résolution prise dans chacune des deux Chambres; il n'en résulte pas moins que l'Assemblée nationale est de par sa nature au-dessus de tous les pouvoirs constitués, que le droit conféré par l'article 2 de la loi constitutionnelle du 16 juillet 1875, ne s'applique qu'au Parlement, et que dans de telles conditions, il faut admettre que l'Assemblée nationale est seule maîtresse de la durée de ses sessions. D'ailleurs en pratique, le président de l'Assemblée nationale fait inscrire d'office à la fin du procès-verbal de la dernière ou de l'unique séance, ces mots : *la session est close*; preuve que ce n'est pas au pouvoir exécutif à prononcer cette clôture. Comme argument décisif, nous pouvons ajouter que l'Assemblée nationale n'est pas non plus assujettie à un ordre de convocation : elle se réunit en principe de plein droit. Une seule exception est faite à cette règle générale par l'article 3 de la loi du 16 juillet 1875, mais il n'y a là qu'une pure formalité. En effet si dans un certain délai, la convocation n'intervient pas, l'Assemblée devra se réunir de plein droit. Nous concluons donc que le pouvoir exécutif, d'après la Constitution de 1875, n'a pas le droit de clore les sessions de l'Assemblée nationale (1).

_____

(1) A propos de la dissolution possible de l'assemblée nationale Cf. MATTER : *Dissolution des Assemblées parlement.*, p. 110.

CHAPITRE III

Le droit de clôture à l'Etranger

Pour la clarté de notre étude, nous suivrons en ce qui concerne les Etats étrangers, le plan que nous avons tracé pour la France. Ce chapitre ne sera donc consacré qu'à l'examen du droit de clôture considéré en lui-même et dans les formes au moyen desquelles on l'exerce. Nous renvoyons à la seconde partie de cette ouvrage tout ce qui concerne les effets juridiques de la clôture d'une session et tout ce qui a trait à la caducité des propositions de lois. Nous passerons rapidement en revue les divers Etats parlementaires et représentatifs, en y joignant les monarchies absolues et les Républiques fédératives des Etats-Unis et de la Suisse.

I

L'Angleterre peut-être considérée comme le berceau du régime parlementaire. Sans doute les cons-

itutions de Suède et de Hongrie ont une origine
ussi ancienne que celle du Parlement anglais, mais
eur développement a été moins régulier, il s'est
cheminé moins progressivement vers l'idéal de
iberté auquel la Constitution anglaise semble être
ujourd'hui parvenue. Ces deux pays ont été agités,
a Hongrie surtout, par des bouleversements politi-
ues qui ont fait subir des temps d'arrêt à leur
volution constitutionnelle, tandis que les institu-
ions anglaises ont poursuivi à travers les siècles un
éveloppement que nous ne retrouvons dans aucun
es grands Etats historiques. Ce développement a
té parfois marqué par une révolution sanglante
uivie d'une dictature oppressive, mais à ces
ecousses nous retrouvons toujours une cause iden-
que, la lutte entre le Parlement et le pouvoir
oyal. L'Angleterre n'a subi l'ascendant, ni la nomi-
ation politique d'aucun peuple : la coutume a seule
réé son organisation intérieure en s'adaptant
uccessivement à toutes les phases de la civilisation.
es monuments constitutionnels sont rares. En
chors de la *grande Charte* de 1225, de la *Pétition*
es *droits* de 1628, du *Bill des droits* (1689) et de
Act. of settlement, nous ne trouvons que des règles
outumières, modifiées à travers les âges, de telle
orte que si la théorie est restée presque la même
epuis les origines, la pratique a tellement évolué
u'on douterait à première vue qu'il existe encore

des rapports entre elles. « Uue première conséquence de ces changements introduits dans notre
Constitution, écrit Anson, c'est en bien des matières
importantes la divergence du droit et de la coutume,
de la théorie et de la pratique. Nous sommes cons-
temment embarassés en trouvant des pouvoirs mis
par la loi entre des mains qui ne les exercent jamais
de fait, et d'autres pouvoirs exercés de fait par des
personnes que la loi ne connait pas (1) ». Il ne nous
appartient pas de retracer ici l'histoire de cette évolution qui a été si souvent et si bien faite (2). Mais
ces préliminaires étaient nécessaires pour la com-
préhension de ce qui va suivre.

En théorie le roi peut ne jamais convoquer le
Parlement, de même il peut ne jamais l'ajourner ni
le dissoudre. Telle est la doctrine, mais quiconque a
étudié l'histoire d'Angleterre, sait quelles furent
pour les Stuarts les conséquences de l'application
trop stricte qu'ils firent de ces principes : Charles Iᵉʳ
ayant gouverné douze ans sans les représentants de
la nation, mourut sur l'échafaud avant d'avoir pu
dissoudre le Long Parlement ; Charles II s'aliéna
son peuple et prépara la chute de sa dynastie, pour
avoir négligé de consulter la nation, en conservant

(1) ANSON : *Loi et pratique constitutionnelle en Angleterre.* Edition française 1903, p. 38.
(2) Cf. DE FRANQUEVILLE : *Le Parlement et le gouvernement britanniques*.

pendant dix-sept ans, son premier Parlement. La
chute des Stuarts fut d'ailleurs pour le Parlement
l'occasion d'affirmer et de revendiquer ses privi-
léges : en 1689 il dicte le *Bill of rights* à Guillaume
et à Marie, et dans cet acte important, ordre est
donné à la couronne de tenir de « fréquents Parle
ments (1) » ; enfin par la création du budget annuel,
le Roi fut obligé de convoquer tous les ans les représentants. Sans doute les principes sont restés les
mêmes, mais aujourd'hui le Roi ne reçoit plus les
avis des conseillers de la couronne, il exécute leur
volonté et ne peut rien faire d'important sans leur
permission.

Le droit de clôture existe dans toute plénitude :
issu du droit coutumier, on le retrouve dans un
ensemble de règles parlementaires contenues dans
le *Common law* (2). Il n'a pas pour limite une durée
obligatoire de session : seules les nécessités budgétaires peuvent en retarder l'exercice. La clôture de
la session revêt toujours un caractère de solennité.
Elle est prononcée en séance plénière, signe de l'indivisibilité du Parlement. Le Roi peut venir la prononcer lui-même ; s'il ne vient pas il se fait rem-
placer par des *Commissioners* qui donnent lecture
de ses ordres. Les *commissioners* royaux sont pris

---

(1) *Bill of rights* (1-13).
(2) ANSON : pag.

parmi les lords : ceux de ces derniers qui devront remplir ce rôle sont désignés par une commission spéciale, dont le lord chancelier donne communication officielle à la Chambre Haute. Aussitôt cette communication faite, les lords commissaires mandent à leur barre les membres des Communes, et en présence du Parlement réuni, lecture est donnée de l'ordre de prorogation (1). Le Parlement se sépare aussitôt.

En règle générale la clôture est prononcée immédiatement après le vote du budget et la sanction royale de l'*Approbation bill*. Cependant cette coutume n'a rien d'obligatoire. En 1882 M. Gladstone demanda aux Chambres de s'ajourner du 17 août au 24 octobre, il estimait en effet inutile, de procéder à deux mois d'intervalle, à des solennités de clôture et d'ouverture. Mais cette procédure fut vivement attaquée à la rentrée par le chef du *fourth party* lord Churchill, celui-ci déclara que le Parlement n'était pas régulièrement en session, « qu'une fois *l'approbation bill* sanctionnée, le rideau devait légalement tomber sur la scène parlementaire, et ne pouvait se relever, que sur l'ordre du souverain convoquant les Chambres pour une nouvelle session et venant l'inaugurer avec l'appareil accoutumé. » M. Gladstone répondit qu'aucune règle n'interdit la

(1) ANSON : p. 81. Règlement, lords I, II, III.

continuation de la vie parlementaire après le vote
du budget, que si les Chambres adoptent en fin de
session *l'approbation bill,* c'est uniquement pour
retarder la clôture et conserver aussi longtemps que
possible une action sur le ministère. Le ministre
rappela un précédent de 1820 ; à cette époque en
effet, la Chambre des Communes s'était ajournée
pour un mois après le vote de *l'approbation bill,*
puis avait repris ses séances entrecoupées par de
nouveaux ajournements, attendant l'instant où l'on
devait la saisir du bill relatif aux peines à édicter
contre la reine Caroline. Aucune protestation ne
s'était élevée alors contre cette procédure qui n'a
d'ailleurs rien d'inconstitutionnel. La Chambre des
Lords approuve M. Gladstone et l'exception de lord
Churchill fut rejetée à une grande majorité (1).

La clôture comme l'ouverture du Parlement peut
être accompagnée d'un discours du Trône. Cet
usage qui est scrupuleusement observé pour
l'ouverture, ne l'est pas toujours à la fin d'une
session. Les discours sont généralement lus par le
Roi lui-même ; ils contiennent des renseignements
sur les affaires extérieures, annoncent les projets
qui seront déposés par les ministres, et enfin « au
moment de la clôture des sessions contiennent des

(1) *Annales de législation étrangère,* 1883, p. 12.

remerciements pour les subsides accordés et des félicitations pour les additions faites au *Statute-book*, grâce à l'activité du Parlement (1).

La clôture de la session est en Angleterre le seul moyen grâce auquel la Couronne peut interrompre le travail législatif ; l'ajournement ne peut être décidé que par les Chambres elles-mêmes. Le Roi peut quelquefois inviter le Parlement à suspendre ses séances, mais une semblable invitation n'a rien d'obligatoire, et si en fait on l'écoute toujours, en droit en est jamais forcé d'y déférer. Toutefois lorsque la durée de l'ajournement dépasse quatorze jours, le souverain en conseil peut lancer une proclamation, ordonnant la réunion des Chambres dans un délai de six jours (2). L'ajournement diffère de la clôture au point de vue du fond et au point de vue de la forme. Au fond en ce sens qu'il n'entraine pas la péremption des travaux parlementaires, qui est au contraire la conséquence de la clôture ; dans la forme en ce qui n'est accompagné d'aucune solennité. Il y a donc un grand intérêt à distinguer ici la clôture de la session du simple ajournement.

Une fois la session close, l'existence juridique des Chambres est interrompue, jusqu'à ce qu'un *writt* de convocation vienne ordonner la réunion du Par-

(1) ANSON : Op. précit., p. 352.
(2) DE FRANQUEVILLE : Op. précit., t. I, p. 281.

lement. Celle-ci ne se réunit de plein droit après une
ordonnance de clôture, que si la Couronne devient
vacante ; en dehors de ce cas exceptionnel un ordre
royal est toujours nécessaire pour que les Chambres
puissent siéger régulièrement (1).

La Constitution politique de la Suède a des
origines très lointaines ; la Diète suédoise commence à jouer un rôle législatif dès l'avènement de
Gustave Wasa en 1544 et son évolution s'est pour-
suivie jusqu'à nos jours avec des alternatives de
puissance et d'asservissement. Réduit à néant sous
Charles XII, le pouvoir des Etats grandit avec Gustave III et se maintient jusqu'à la Constitution
actuelle de la Suède du 6 juin 1809. Cette charte
maintes fois révisée depuis sa promulgation initiale,
confie le pouvoir au Roi et aux deux Chambres du
Riksdag. Les Chambres sont réunies au moins
quatre mois chaque année, la clôture ne peut donc
intervenir avant l'expiration de ce délai légal, à
moins cependant que les Chambres ne le demandent. Au Roi seul appartient la clôture des sessions
extraordinaires ; mais cette clôture doit toujours
être prononcée avant l'ouverture de la session ordinaire, fixée de droit au 15 janvier (art. 109). Une
particularité de la Constitution suédoise est la

(1) *Cf.* Fischel : *La Constitutiou d'Angleterre.*

suivante : Si le budget n'est pas définitivement voté
lors de la clôture de la session, les crédits précédents sont maintenus jusqu'à la session nouvelle
(art. 109-3). Le Roi ne jouit toutefois que d'un droit
de clôture limité, puisqu'il est astreint au délai
minimum de quatre mois, assigné à la session
ordinaire, et qu'il doit clore cette session si les Etats
l'exigent. La clôture a lieu en séance solennelle :
les membres du Parlement (art. 36, l. organ. du
22 janvier 1866) doivent être convoqués par le Roi
dans la salle du Trône, après l'audition d'un service
divin ; les présidents des Chambres présentent leurs
vœux au Roi et procèdent à la lecture du résumé de
toutes les résolutions adoptées pendant la session
qui s'achève ; le Roi ou son délégué prononce
ensuite la clôture de la session (1). A partir de la
clôture, le Riksdag ne peut se réunir que sur convo-
tton, sauf à la date du 15 janvier. Cette convocation
n'est obligatoire qu'en cas de vacance du Trône.

Bien que la Constitution politique de la Norvège,
présente des caractères tous différents de ceux du
régime parlementaire, nous croyons devoir en
placer l'étude immédiatement après la Suède, à
cause du lien qui pendant si longtemps l'a rattachée
à ce dernier pays. Les deux nations scandinaves se

(1) MOREAU et DELPECH : *Les régl. des ass. législ. ;*
Suède. 1re chamb. art. 14.

sont séparées en 1905 : c'est le Storthing norvégien qui a été l'artisan de cette séparation. Par une proclamation en date du 7 juin, le Storthing signifiait en effet au roi Oscar de Suède, que l'acte d'Union de 1815 était rompu et que la Norvège désirait un gouvernement distinct du gouvernement suédois. Cette révolution toute pacifique, ne fut d'ailleurs que la consécration officielle d'un état de fait, qui avait rendu impossible l'application de l'acte d'Union. « A vrai dire, ce ne furent ni le peuple norvégien, ni le Storthing norvégien qui firent cette révolution, elle s'est faite en quelque sorte toute seule, elle est sortie du fond de l'histoire (1) ». Le Storthing appela au Trône de Norvège un prince de Danemark dont l'élévation fut ratifiée par un plébiscite et qui prit le nom de Haatkon VII. Cet acte important n'a pourtant pas modifiée la Constitution intérieure du pays, du moins en ce qui concerne les parties qui font l'objet de notre étude. Le Storthing qui comprend deux sections, le Lagthing et l'Odelsthing, jouit d'une puissance considérable et la Couronne n'a que fort peu d'action sur lui. Il ne peut être dissous quoi qu'en ait dit certains auteurs (2),

(1) Ch. Benoist : *La Secession de la Norvège, Revue des Deux-Mondes*, 1er août 1905.
(2) Demombynes : *Constitution européennes.*
Sentupéry : *L'Europe politique.*
Matter : *Dissolution des Assemblées parlementaires.*

et le droit de clôture est en grande partie entre ses mains. Le Storthing s'assemble de plein droit le premier jour ouvrable de février et peut clore lui-même sa session, dès qu'elle a duré deux mois ; mais s'il désire siéger plus longtemps, il doit obtenir l'autorisation du Roi (art. 80). Le Roi peut convoquer le Storthing en session extraordinaire, à condition de clore cette session avant l'ouverture de la session ordinaire (art. 72). Les textes constitutionnels pas plus que les règlements intérieurs, ne prescrivent de solennité de clôture. Bien que le principe de l'unité de session ne se trouve pas dans la loi, il doit cependant être déduit de son esprit général : les textes relatifs au Storthing se rapportent tous aux deux Chambres indistinctement, et jamais il n'est venu à l'esprit des gouvernants de convoquer l'une en l'absence de l'autre. D'ailleurs le Storthing norvégien bien que comprenant deux sections, ne forme en réalité qu'une seule assemblée, élue tout entière le même jour et délibérant normalement en séance plénière.

La Constitution de 1849 revisée et définitivement promulgée le 28 juillet 1866, confie le gouvernement du Danemark au roi et à un Rigsdag, composé de deux Assemblées, le Folksthing élu à un suffrage restreint, et le Landsthing issu du suffrage universel. Le roi convoque et proroge le Riksdag. La session ordinaire commence légalement le premier lundi d'octobre (art. 41) ; elle est close de plein droit dès qu'elle a duré deux mois, à moins que le roi n'en décide autrement. C'est là comme en Norvège, une exception à la condition générale que nous avions posée, de la nécessité d'un décret de clôture. Le roi à la faculté de clore à son gré les sessions extra-ordinaires ; aucune solennité n'est requise. Le principe de l'unité de session est expressément formulé par l'article 22, et aucune réunion ne peut intervenir après la clôture, avant la date fixée pour la session ordinaire.

Les institutions politiques de la Hongrie sont contenues dans un grand nombre de textes, remontant jusqu'en 1222, et qui sont comme le développement d'une charte fondamentale, octroyée à cette époque par le Roi André II et nommée Bulle d'Or. Après des alternatives d'indépendance et de servitude, après une longue lutte contre l'hégémonie autrichienne, la Hongrie a adopté une résolution de l'empereur François-Joseph, remettant en vigueur les lois de 1848. Le compromis austro-hongrois a ensuite posé la couronne royale de Hongrie sur la tête de l'empereur d'Autriche. Le pouvoir s'exerce par le Roi et la Diète. La Diète, assemblée unique au début, s'est divisée en 1575 en deux Chambres : la Chambre des Magnats et la Chambre des députés, l'une en partie élective, l'autre en totalité. Le roi convoque chaque année la Diète à Pesth (l. 4 de 1848, art. 1), il la proroge et clot sa session quand il le veut, sans être soumis à une durée obligatoire de la session ordinaire. Mais le budget est annuel et s'il n'est pas voté lors de la clôture ou de la dissolution des Etats, une session extraordinaire s'impose (art. 6 modifié en 1867). Aucun texte ne parle de l'indivisibilité de la session, mais ce principe bien que sous-entendu, n'en est pas moins appliqué en Hongrie. Il résulte de la tradition parlementaire et de l'esprit général de la loi. Une fois close, la Diète hongroise ne peut se réunir que sur convocation (1).

Un pacte de 1868 lie la Hongrie à la Croatie ; elles ont le même souverain mais une diète distincte. La diète croate, établie par la loi 2 de 1870, est convoquée chaque année par le roi et siège à Agram. Elle est prorogée et dissoute au gré du Roi, qui prononce également la clôture de ses sessions. La clôture n'a pas pour limite une durée obligatoire de session, il n'y a pas non plus de jour fixé pour la rentrée. Dès qu'elle a été close, la diète est dans l'impossibilité de se réunir jusqu'à nouvel ordre. La clôture a lieu en séance solennelle, en présence du Roi ou de son délégué, mais en pratique le roi n'y assiste jamais.

(1) *Cf.* Paul MATTER : *La Constitution hongroise.*

La Belgique pratique aujourd'hui dans sa plénitude le régime parlementaire. Depuis la Révolution
de 1830 qui l'a détachée des Pays-Bas, elle est
soumise à la Constitution du 7 février 1831, constitution inspirée tout entière par les principes libéraux d'Outre-Manche. Le pouvoir exécutif est confié
aux Roi, la législation est l'œuvre de deux Chambres,
le Sénat et la Chambre des représentants. Depuis
sa promulgation, la Constitution belge a été revisée
une seule fois, en 1893. Le Roi convoque, ajourne et
proroge les Chambres ; mais celles-ci se réunissent
de plein droit le deuxième mardi de novembre
(art. 70 l. du 7 sept. 1893) et doivent rester en
session pendant quarante jours au moins. La clôture
de la session est une prérogative royale qui peut
intervenir en tout temps, sauf pendant la durée de
la session ordinaire (art. 70, l. précit.). Le décret de
clôture s'applique simultanément aux deux assemblées (art. 59). Si cette clôture n'intervient pas avant
la clôture de la session ordinaire, elle n'a pas lieu de
plein droit. Ainsi la session de novembre 1899 a
commencé sans que la dernière, ouverte le
8 novembre 1898, eut été close. Une telle durée des
sessions peut avoir de graves inconvénients, sur
lesquels d'ailleurs, nous aurons plus tard à revenir.
Aucune solennité n'est prescrite pour la clôture, qui
cependant produit toujours des effets importants.
Une fois prorogées, les Chambres ne peuvent se

réunir de plein droit avant l'époque de la session ordinaire, qu'en cas de vacance du Trône.

La Constitution des Pays-Bas porte la date du 30 novembre 1887 ; elle est le résultat d'une longue élaboration ou mieux de transformations nombreuses du texte fondamental de 1815. Le gouvernement appartient au Roi et le droit de légiférer aux Etats-généraux, lesquelles comprennent une Première et une Seconde Chambre. Les Etats-généraux de Hollande se réunissent de plein droit le troisième mardi de septembre et doivent rester en session vingt jours au moins. A l'issu de ce laps de temps obligatoire, la clôture peut être prononcée par le Roi à n'importe quel moment : elle a toujours lieu dans une séance plénière présidée par le Roi ou par son délégué (art. 103). La clôture est un droit exclusif de la Couronne qui peut en faire usage quand bon lui semble. Cependant en cas de dissolution des deux Chambres ou de l'une d'elles, la clôture de la session doit être prononcée (art. 104). C'est là une application intégrale du principe de l'unité de session. Le droit de dissolution pouvant s'exercer en tout temps, la clôture peut alors interrompre le cours de la session ordinaire. La clôture empêche les Chambres de se réunir jusqu'à nouvel ordre, elle suspend même à ce point leur existence, que pendant l'intervalle des sessions, les démissions des représentants doivent être adressées non au président de la Chambre dont ils font partie, mais au ministre de l'intérieur (1). Enfin les Etats-généraux ne se réunissent de plein droit qu'en cas de décès du Roi (art. 102).

L'Italie est sous le régime de la Constitution sarde du 4 mars 1848, qui a été étendue à tous les Etats de la péninsule. Le pouvoir exécutif est confié au Roi, le législatif appartient au Sénat et à la Chambre des députés. Au point de vue de la session, les pouvoirs royaux sont plus étendus qu'en Hollande et en Belgique. Le Roi convoque annuellement les Chambres (art. 9), celles-ci ne se réunissent jamais de plein droit. En outre, la session ordinaire n'a pas une durée minina, de sorte que le droit de clôture s'exerce en tout temps et ne peut être tenu en échec que par un retard dans le vote du budget. Bien que la Constitution italienne ne distingue pas le simple ajournement de la clôture de la session, il y a cependant autant de différence entre ces deux actes, que l'on en trouve en Angleterre, tant dans la forme que dans le fond. L'ouverture de la session débute toujours par un discours du trône, mais aucune solennité n'est requise pour la régularité de la clôture. Celle-ci est prononcée par un décret lu aux Chambres le même jour

(1) Règlements : 2ᵉ ch., art. 134 ; 1ᵉʳ ch., art. 72.

(art. 48), et sauf le cas où le Sénat se réunit en Haute-Cour de justice, les Chambres ne peuvent jamais siéger l'une sans l'autre (art. 36). Nous trouvons dans la Constitution italienne beaucoup de points de contact avec les institutions anglaises ; le pouvoir exécutif y jouit en effet de prérogatives considérables, mais là aussi la pratique parlementaire tend à faire de plus en plus passer le pouvoir effectif entre les mains des Chambres, et si en droit le roi peut beaucoup, en fait cette omnipotence est fort réduite.

Après des bouleversements politiques considérables, l'Espagne a rappelé la dynastie des Bourbons, et a adopté la Constitution du 30 juin 1876. C'est le système parlementaire pur qui a servi de base à ces institutions. Le pouvoir exécutif est confié au Roi, la puissance législative appartient à la fois au Roi et aux Cortès. Les Cortès comprennent deux Chambres, le Sénat, composé de membres à vie et de membres élus, la Chambre des députés (*Congreso*) issue du suffrage universel. Les Cortès ne s'assemblent jamais de plein droit, sauf dans le cas exceptionnel prévu par l'article 70 (1). Il n'y a pas de durée légale de session ordinaire. Le Roi d'après

(1) Art. 70. — S'il ne se trouve personne à qui appartienne le droit à la régence, les Cortès désigneront une, trois ou cinq personnes pour l'exercer. .

l'article 32 doit convoquer les Cortès tous les ans ; il peut à son gré les proroger et clore leur session. Il peut enfin dissoudre la Chambre des députés et la partie élective du Sénat. La clôture de la session a toujours lieu en séance plénière par le roi ou par un ministre délégué. L'unité de session est consacrée par l'article 38. Comme on le voit le droit de clôture est à l'abri de toute atteinte ; l'Espagne elle aussi s'est inspirée du système anglais.

La Charte portugaise du 29 avril 1826 modifiée plusieurs fois, notamment en 1852, 1878 et 1885, a beaucoup de ressemblance avec le régime espagnol. Ceci est naturel, étant donné la communauté de race des deux peuples, à laquelle correspond d'ailleurs une communauté d'aspirations. Le Roi et les Cortès se partagent le pouvoir législatif. Les Cortès comprennent la Chambre des pairs en partie élue et la Chambre des députés élue directement, d'après les règles établies par l'acte additionnel du 5 juillet 1852, modifiée et amplifiée par les lois de 1878 et de 1884. Elles sont obligatoirement convoquées par le Roi le 2 janvier de chaque année (art. 18), et doivent rester en session trois mois au moins (art. 17). Le droit de clôture, établi par l'article 74 modifié, ne peut donc s'exercer avant l'expiration de ce délai légal. Ce droit est considéré par la Constitution comme une branche du pouvoir modérateur, prérogative exclusive du pouvoir royal. La solen-

nité de clôture est requise par l'article 19 : « La
séance de clôture aura lieu en cortès générales, les
deux Chambres réunies, les pairs siégeant à droite et
les députés à gauche».Bien que la Constitution portugaise s'inspire des principes parlementaires, les
gouvernements qui se sont succédés depuis une
dizaine d'années en Portugal, n'ont pas paru faire
de ce régime une application très exacte; de nombreuses prorogations suivies de dissolutions arbi-
traires notamment en 1893, ont faussé les rouages
de la Constitution et l'ont acheminé vers une révision dans un sens plus libéral. Cette révision est
devenue imminente depuis les événements tragi-
ques de 1907 qui ont abouti à l'assassinat du roi don
Carlos Ier et de son fils, le duc de Bragance, (1er février 1908).

Avant d'en avoir fini avec les pays où fonctionne
le régime parlementaire, nous devons dire un mot
des provinces balkaniques.

En dépit des secousses violentes qui les ont
agitées si souvent, et dans lesquelles leur indépendance à tant de fois sombré, les monarchies des
Balkans ont admis le principe du régime libéral et
parlementaire, et ont essayé d'en faire une application littérale. Mais la pratique des institutions qui
ont fait la prospérité de l'Angleterre, ne s'acquiert
pas en un jour : comment les nations serbes et bul-

gares, où l'extrême civilisation confine avec l'extrême barbarie, s'accommodent-elles d'un régime dont la paix intérieur et le loyalisme sont les conditions d'existence? Jusqu'à présent les événements n'ont pas permis de répondre à cette question. Chacun a encore présent à la mémoire le drame effroyable, qui dans la nuit du 10 au 11 juin 1903, ensanglanta le Konak de Belgrade : ce drame en lui-même fut moins effroyable encore que l'impunité qui le couvrit. Le pays acclama Pierre Ier qui acceptait un trône noyé dans le sang, la Scouptchina décerna aux assassins du roi Alexandre le titre de libérateurs, autant de faits qui prouvent, que si ces nations ont adopté les principes de gouvernement des pays civilisés, elles sont encore loin d'en avoir adopté les mœurs.

La Constitution grecque a fonctionné sans à coup depuis 1864. Elle est modelée sur les règles élémentaires du régime libéral, cependant elle n'a créé qu'une seule Chambre, la Chambre des Hellènes. Le roi jouit du droit de clôture (art. 37), de dissolution et de prorogation, celle-ci n'est soumise qu'au délai de trois mois assigné à la session ordinaire, cependant elle interviendrait de plein droit dès que la session a duré six mois. Elle est toujours prononcée en séance solennelle par le roi ou son délégué.

Des règles analogues existent en Serbie de par la

Constitution du 3 janvier 1899 ; le coup d'Etat militaire de 1903 n'a pas apporté à ce texte de modifications importantes. La Roumanie est soumise à la
Constitution du 30 juin 1866 : le système des deux
Chambres a été admis avec toutes ses conséquences
relatives à l'unité et à l'indivisibilité de la session.
Le roi jouit du droit de clôture, de prorogation, de
dissolution (art. 95) ; aucune solennité n'est requise
pour la clôture de la session. Les mêmes principes,
sauf celui de la dualité, ont été admis par la Bulgarie après son émancipation en 1878 (1).

II

Entre le régime parlementaire qui repose tout
entier sur le concours du souverain et de la nation,
et la monarchie absolue, où la volonté unilatérale du
prince, est le seul pouvoir de l'Etat, il y a un mode
intermédiaire, que l'on peut appeller *régime représentatif.* Insister longuement sur les différences entre
la monarchie représentative et la monarchie parlementaire, nous entraînerait peut-être hors des limites de notre sujet ; cependant, pour la clarté des
développements ultérieurs, nous devons indiquer
les caractères généraux par lesquels, elles se distinguent l'une de l'autre. Dans le régime parlemen-

(1) La récente déclaration d'indépendance par laquelle la
principauté de Bulgarie s'est érigé en royaume, n'a pas
modifié jusqu'à présent sa Constitution intérieure.

taire, la pénétration réciproque des deux pouvoirs, fait qu'aucun acte de l'un n'échappe au contrôle de l'autre : les droits de veto, de dissolution, de prorogation, sont tempérés par la responsabilité du ministère devant les Chambres, de sorte que les droits de la Couronne ont pour contrepoids des droits égaux au Parlement ; or il n'en est pas ainsi dans le régime représentatif. Le Parlement vote les lois, mais il n'a aucune influence sur leur exécution ; ces lois déplaisent-elles au Souverain, celui-ci refuse sa sanction, et si le Parlement s'obstine, il le proroge ou le dissout. Le ministère n'est.responsable que devant la Couronne, il appartient à elle seule de l'approuver ou de le blâmer. « Vous voulez faire de nous des ministres du Parlement, s'écriait un jour Bismark au Langtag prussien, cela ne sera jamais ! Nous sommes les ministres du Roi. La souveraineté du Roi est établie comme un bloc de bronze que vous n'ébranlerez pas par vos résolutions (1) » Le Parlement n'est donc qu'un pouvoir secondaire, presque subordonné au pouvoir du souverain. « Le droit constitutionnel nous apprend, écrit M. Charles Benoist, qu'il y a dans l'Empire un Parlement, un Reichstag, mais que s'il est récalcitrant, l'Empereur peut quasi-légalement se passer de lui et a les moyens de le faire (2) ». Sous un tel régime,

(1) Bismark au Langtag, janvier 1864. Cf. MATTER : *Dissolution des Assemblées parlement.*, p. 162.
(2) CH. BENOIST : *Revue des Deux-Mondes*, 15 juin 1893.

on comprend que le droit de prorogation ait une influence considérable : c'est ce que nous verrons en étudiant les Constitutions de l'Allemagne et de l'Autriche.

La Constitution de l'Empire d'Allemagne du 16 avril 1871, confie le pouvoir exécutif au Roi de Prusse, qui porte le titre d'Empereur allemand. L'Empereur partage le pouvoir législatif avec le Bundesrath et le Reichstag. Le Bundesrath est un conseil composé des délégués des divers gouvernements ; le Reichstag est élu au suffrage universel direct. L'article 12 déclare :« l'Empereur convoque, ouvre, proroge et clot le Conseil fédéral et le Reichstag ». La convocation doit être annuelle (art. 13), mais la clôture n'est pas subordonnée à une durée obligatoire de session ; de plus la dissolution du Reichstag n'entraîne pas la prorogation du Bundesrath, qui peut toujours être convoqué seul. Tandis que dans la main des monarques parlementaires, le droit de suspendre la vie des Assemblées n'est qu'un régulateur destiné à maintenir l'équilibre des pouvoirs, au contraire dans l'empire d'Allemagne, c'est une arme constamment employée contre la représentation nationale, une arme avec laquelle l'empereur affermit et augmente son pouvoir personnel. L'histoire politique nous apprend en effet, que le Parlement est prorogé dès qu'un conflit s'élève entre le ministère et lui ; souvent cette prorogation n'est que le prélude d'une ordonnance de dissolution. D'ailleurs la prérogative de l'article 12, qui peut s'exercer en tout temps, n'a pas pour limite les nécessités budgétaires, car l'adoption du septennat militaire et la création de certains crédits permanents, permettent au gouvernement d'affronter un refus de budget. Le budget, et particulièrement le budget de la guerre, telle a toujours été la cause des dissensions entre l'Empereur et le Reichstag, dissensions qui ont entraîné l'abus du droit de prorogation et de dissolution (1).

La Constitution de 1871 s'applique à tous les Etats de l'Allemagne. Néanmoins ceux-ci ont conservé chacun une individualité propre et un gouvernement qui, pour être subordonné au gouvernement impérial, n'en est pas moins réel et autonome. Les Etats de Prusse, de Bavière, de Saxe, de Bade, de Würtemberg, ont tous adopté une Constitution similaire. Le pouvoir est exercé par le Roi et les deux Chambres du Langtag. La convocation de ces Chambres doit être régulière, mais leur prorogation est libre et n'est pas soumise à une durée minima de la session ordinaire. A l'inverse de la Constitution impériale, le principe de l'indivisibilité de la session est scrupuleusement observé : le décret

(1) Sur l'abus du droit de dissolution en Allemagne *Cf.* MATTER : *Diss. des Ass. parl.* p. 144 et s. — CR BENOIST : *Revue des Deux-Mondes,* 15 juin 1893.

7

de clôture est lu partout en séance plénière par le Roi ou son délégué, et la dissolution de l'une des Chambres entraîne de plein droit la prorogation de l'autre. Le gouvernement est représentatif. Les droits de la Couronne sur le Parlement ne sont compensés par aucun pouvoir des Assemblées. En Prusse par exemple, l'abus du droit de clôture a été souvent poussé jusqu'à l'excès : dès que le ministère est en désaccord avec le Langtag, il répond aux attaques dont il est l'objet, par une ordonnance de clôture ; si l'ordonnance de clôture ne suffit pas, on la transforme en dissolution. En 1862 M. de Bismark proroge le Langtag, qui ne voulait pas adopter le projet de budget gouvernemental ; en 1863, de graves incidents à la Chambre des députés entre les ministres et les représentants, sont solutionnés par la clôture du Parlement. Un ministère mis en minorité ne se retire que sur l'ordre de son Roi ; si le Roi le maintient, les Chambres n'ont qu'à lui rendre leur confiance ou à se laisser proroger et dissoudre.

A ces Etats il faut rattacher le Grand-Duché de de Luxembourg dont la Constitution du 17 octobre 1868, a été faite sur le même modèle que la plupart des Constitutions allemandes. Les mœurs diffèrent peu, les principes de gouvernement sont identiques, il est donc inutile d'en parler plus longuement.

Mentionnons enfin pour mémoire, les petites principautés de Reuss, d'Anhalt, de Schwartzbourg-Sonderhausen, de Schwartzbourg-Lippe etc, dans lesquelles le Parlement n'est composé que d'une seule Chambre ; ces Etats ont néanmoins des institutions distinctes de l'organisation impériale, mais leur gouvernement s'inspire des mêmes principes (1).

Après la guerre de 1866 et le traité de Praque qui établit l'hégémonie de la Prusse en Allemagne, l'Autriche et la Hongrie signent le compromis du 21 décembre 1867. Au terme de ce traité, la Hongrie et l'Autriche conservent chacune leur Parlement et leur ministère propre, mais elles n'ont qu'un seul souverain, qui porte le titre d'*empereur d'Autriche, roi apostolique de Hongrie*. Le règlement des affaires communes est confié à une Délégation, composée de 60 membres du Parlement hongrois et de 60 membres du Parlement autrichien ; l'empereur est relié à cette assemblée par un ministère commun. Malgré leur union, les deux pays ont des principes de gouvernement tout différents. Nous avons vu en étudiant le régime politique de la Hongrie, que celui-ci était issu d'une tradition qui de tout temps avait admis les règles du parlementarisme ;

(1) DARESTE : *Constitutions modernes*, tome I.

nous verrons que c'est au contraire le pur régime représentatif qui a été consacré en Autriche. Le ministère hongrois dépend de la Diète, le ministère autrichien ne relève que de l'Empereur.

La loi cisleithane du 21 décembre 1867 organise le régime représentatif pour l'Autriche-Hongrie. Les délégations sont convoquées par l'Empereur, mais ne peuvent être dissoutes. Leur session est close dès que leurs travaux sont achevés, à moins que l'Empereur n'en décide autrement (art. 27).

En ce qui concerne l'Autriche elle-même, le pouvoir législatif appartient au Reichsrath, lequel comprend deux Chambres, la Chambre des Seigneurs et la Chambre des députés. La première est composée de membres à vie et de membres de droit, la seconde est issue d'un mode d'élection qui rappelle le suffrage universel. L'Empereur convoque le Reichsrath autant que possible pendant les mois d'hiver (art. 10 l. précit.) et l'ajourne à son gré. Il est à remarquer que le mot de clôture ne se trouve pas dans la loi cisleithane ; cependant en fait, ce droit existe, indépendant et distinct, du simple ajournement ; d'ailleurs cette distinction résulte du texte même des articles 9 et 14 de la loi du 21 décembre 1867 sur la représentation de l'Empire. Ce droit peut s'exercer en tout temps, cependant il en est fait un usage moins abusif qu'en Allemagne et en Prusse, quoiqu'il y ait eu, en Autriche comme en Alle-

magne, des exemples de prorogation arbitraire (1).
La dissolution de la Chambre des députés entraîne
de plein droit la prorogation de la Chambre des
Seigneurs. Un droit exorbitant pour le pouvoir
exécutif, résulte de l'article 14 de la loi constitutionnelle du 21 décembre 1867 : si après la clôture de la
session, une mesure urgente de la compétence du
Reichsrath, vient à s'imposer, l'Empereur a le droit
de la prendre et de la faire exécuter. Il suffira pour
que la mesure soit régulière, qu'elle ait été contre-
signée par tous les ministres. Elle devra être présentée aux Chambres dès l'ouverture de la session.

Nous n'insisterons pas davantage sur l'organisation du droit de clôture dans les régimes représentatifs. Ce droit a évidemment une portée beaucoup
plus grande que dans les régimes parlementaires ;
cependant il a moins de raisons d'exister dans les
premiers que dans les seconds. Sans doute, il
importe que partout le pouvoir exécutif, puisse à un
moment donné se débarrasser des discussions parlementaires; il y a partout des périodes de trouble, où
la présence des Chambres nuit plutôt qu'elle ne
profite au rétablissement de l'ordre. Cependant, en
règle générale, si nous avons admis comme une nécessité, que le droit de clore les sessions des Assem-

---

(1) MATTER : Op. précit., p. 138.

blées, fut donné à un ministère responsable au sens
parlementaire, c'est que la mise en péril perpétuelle de ce ministère, énerve ses forces et épuise
son temps sans profit. C'est cela qu'il faut éviter, car
que peut-on attendre d'un ministère qui est forcé
d'abandonner journellement la direction de ses
services, pour venir sans cesse défendre son porte-
feuille ? Un gouvernement intimément lié aux
Chambres et qui dépend d'elles, ne peut pas gouverner, si à sa responsabilité politique, ne correspond pas un mode d'action sur le Parlement. Mais
ces raisons n'existent ni en Allemagne, ni en Autriche, et l'on se demande, si les droits de la représentation nationale ne seraient pas mieux garantis,
en donnant au Reichstag et au Reichsrath le droit
de clore eux-mêmes leurs sessions. A cela les juris-
tes répondront : « Mais on abusera du droit de dissolution ! » Evidemment l'objection n'est pas sans
portée, néanmoins nous ne la croyons pas inéluc-
table. Le droit de dissolution est d'un usage peu
commode, et en admettant que l'on prononce deux
dissolutions successives pour le même motif, il
arrivera fatalement un moment où le gouvernement devra capituler devant la ténacité des électeurs. Et alors, le ministère, qui n'a plus la confiance
de la nation, sera forcé de faire certaines concessions aux revendications populaires, sous peine de
se créer de cruels embarras devant un Parlement

qu'il sera obligé de subir. Il y a là de très graves
questions, mais leur solution ne dépend pas des lois
écrites. La réforme dont nous parlons sera l'œuvre
du temps, beaucoup plus que celles des discussions
juridiques. En attendant, il faut reconnaître que
les institutions politiques allemandes et autrichien-
nes, se rapprochent beaucoup plus du régime
monarchique absolu que du régime parlementaire ;
cela tient aux traditions, et seule l'évolution des
idées et des mœurs, les acheminera vers un idéal de
liberté plus grande.

III

L'exercice du droit de clôture est si intimément
lié à la pratique du régime parlementaire, qu'un
travail consacré à ses caractères et à ses diverses
conceptions, ne peut pas passer sous silence le
grand mouvement libéral, qui agite en ce moment
les monarchies orientales. La Russie, la Perse et la
Turquie, où régnait naguère un absolutisme sans
contrepoids, viennent d'arriver à ce tournant de
l'histoire, d'où l'on voit se lever une aurore nouvelle.
Comment ces peuples si longtemps asservis, s'assi-
mileront-ils les idées modernes et pratiqueront-ils
le gouvernement constitutionnel ? Il n'est pas possible aujourd'hui de répondre à cette question. Il
est probable que cette lutte entre le pouvoir

absolu et les revendications populaires, se mani-
festera longtemps encore par des troubles sanglants,
suivis de répressions plus sanglantes encore. Quoi
qu'il en soit, il ne nous appartient pas de nous étendre sur ce sujet qui a servi déjà de thèmes à de nombreux ouvrages ; nous nous proposons uniquement
de rechercher la part faite au droit de clôture, dans
les Constitutions récentes.

L'exemple de la première Constitution française,
est de nature à suggérer bien des réflexions: Les
constituants de 1791, pour prévenir toute atteinte
de l'exécutif, avaient placé en face du Roi une
Assemblée permanente : ce fait, nous l'avons dit,
fut une des causes de la chute de la monarchie. Un
peuple qui naît de la liberté, la veut aussi entière,
aussi complète que possible. Les premiers parlements d'un empire jusqu'alors absolu, sont pénétrés
du sentiment de leur toute puissance, et s'arrogent
volontiers des droits qui sont le privilège de l'exécutif. Or il appartient à ce dernier de s'opposer à cet
empiètement, sous peine de voir naître à bref délai
le régime conventionnel. Or le meilleur, nous dirons
même l'unique moyen, grâce auquel il atteindra ce
résultat, consistera dans un décret, intimant aux
représentants l'ordre de se séparer. Cette séparation
d'un moment ramènera le calme dans les esprits,
et permettra au gouvernement de reconquérir l'autorité qui lui échappe. Elle sera infiniment préfé-

rable à la dissolution qui est toujours une mesure violente, mal interprétée par les peuples qui n'ont pas encore l'habitude du régime représentatif. D'autre part en substituant la clôture à la dissolution, on évitera les troubles inhérents aux opérarations électorales. La clôture de la session, dans la main du monarque qui devient constitutionnel, est donc un gage d'indépendance. Sagement comprise, elle sera de nature à résoudre bien des difficultés, et à prévenir bien des conflits.

La Russie vient d'entrer dans la voie des réformes : par un manifeste du 17-30 octobre 1905, le tzar Nicolas II a appelé les sujets de son Empire à élire une Douma d'Etat, dont le concours doit être requis pour l'élaboration des lois. A la Douma est joint un Conseil d'Empire, nommé par l'Empereur. La session de ces deux corps est indivisible : c'est ainsi que lors de la dissolution du 21 juillet 1906, le Conseil d'Empire fut prorogé jusqu'au 5 mars 1907, date à laquelle une nouvelle Douma avait été convoquée. L'Empereur convoque les Assemblées, les proroge et clot leurs sessions. Il peut dissoudre la Douma. Les ministres ne sont responsables que devant lui (1).

La Perse vient également d'obtenir une Constitution : tout sujet persan, mâle, sachant lire et écrire,

(1) *Cf.* Recouly : *Le Tsar et la Douma*, 1907.

âgé de 30 à 70 ans, n'étant pas au service de l'Etat, et dont le casier judiciaire est indemne jouit du droit d'électeur. Les élections se font au suffrage à deux degrés en province, et au suffrage direct à Téhéran. Les députés sont élus pour deux ans. Cette organisation n'a eu qu'une durée éphémère. Le coup d'Etat de juillet 1908, vient de détruire momentanément les institutions libérales, octroyées par chah Mouzaffer-ed-Din, sans que l'on puisse prévoir comment elles seront rétablies.

L'ébranlement général causé en Orient par les Révolutions de Perse et de Russie, ont eu leur contre-coup dans l'empire du Sultan. Le régime constitutionnel renaît de ses cendres, malgré les efforts d'Abdul-Hamid pour la détruire à jamais. Les insurrections de 1875, avaient déjà donné naissance à une véritable constitution. Adoptée par le gouvernement d'alors, elle fut promulguée le 23 décembre 1876, mais ne reçut qu'un semblant d'exécution: dès que l'apaisement fut réalisé, le Sultan se hâta en effet, de ressaisir le pouvoir absolu. Quelle sera la conséquence des événements de 1908 ? Le Sultan a rétabli dit-on, la Constitution de 1876 : il paraît s'être affranchi du joug de la camarilla omnipotente, qui avait érigé la délation en système de gouvernement ; néanmoins il est permis de se demander quel sera l'avenir de ce régime libéral, qui succède sans transition au despotisme le plus effroyable ! A l'histoire seule appartient la solution de ce redoutable problème (1).

Parmi les nations orientales, le Japon mérite une place à part. Depuis 1867, l'empire du Soleil Levant, s'est résolument élancé dans le sillage des nations européennes. Ses aspirations libérales de plus en plus profondes, ne sont pas restées sans écho : elles ont abouti en 1889 à la promulgation d'une charte, calquée sur les Constitutions modernes. Le gouvernement est confié à l'empereur, les ministres ne sont responsables que devant lui seul. Le pouvoir législatif est confié à la Diète, qui comprend la Chambre des pairs et la Chambre des représentants. Toutes les règles parlementaires, sauf la responsabilité ministérielle, ont trouvé place dans la Constitution de 1889 : l'Empereur ouvre, proroge, clot la Diète impériale et peut dissoudre la Chambre des représentants. En cas de dissolution, la Chambre des pairs est prorogée de plein droit. Le droit de clôture n'est limité que par la durée minima de la session annuelle, laquelle doit être de trois mois au moins. Quant aux nécessités budgétaires, elles ne peuvent jamais faire obstacle à la dissolution ou à la clôture, grâce à l'article 71 : cet article permet en effet d'appliquer le budget de l'année précédente, si

(1) *Cf.* René PINON : *La Turquie nouvelle, Revue des Deux-Mondes*, 1er septembre 1908.

le budget de l'année nouvelle n'est pas encore voté.
Toutefois l'éducation parlementaire est loin d'être
complète dans ce pays régénéré : la Diète ne contient pas de parti ayant un programme nettement
défini et réclamant son application, aussi les prorogations et les dissolutions sont-elles d'un usage fré-
quent. Depuis 19 ans que fonctionne au Japon le
régime constitutionnel, les élections générales du
15 mai 1908, ont été les premières qui aient eu lieu
par suite de l'expiration des pouvoirs de la Diète.
Jusqu'à ce jour, toutes les Assemblées étaient mor-
tes de mort violente. Néanmoins, il est incontestable que la nation japonaise est définitivement
engagée dans la voie du parlementarisme. Chaque
étape de son évolution constitutionnelle, marque en
effet pour elle, un progrès de plus.

IV

La Constitution politique des Etats-Unis d'Amérique, diffère essentiellement de toutes celles des
états européens ; l'esprit n'en est pas le même et tels
principes qui avaient pulvérisé certaines Constitutions anciennes, ont au contraire assuré à la République américaine plus d'un siècle de grandeur.
Sous l'influence des idées de Montesquieu, la Constitution fédérale de 1787 a fait du principe de la
séparation des pouvoirs une application intégrale :
elle a établi deux pouvoirs rivaux, égaux en force et

de même origine, sans ménager entre eux un mode quelconque de communication. Or pourquoi ce système qui subit en France un échec si rapide, a-t-il si complètement réussi au-delà de l'Océan ? Cela tient à la différence des mœurs, à la décentralisation, à l'absence de précédents historiques. Le gouvernement fédéral ne se maintient au pouvoir qu'en se renfermant obstinément dans ses limites constitutionnellas, sinon il se briserait à la résistance des états particuliers, et « toute tentative de coup d'état réalisable dans un pays fortement centralisé, avec une armée prétorienne, serait en Amérique condamné à un échec certain, et les citoyens de la libre Amérique n'ont rien à redouter à cet égard (1) ». D'autre part le pouvoir exécutif n'a pas derrière lui des siècles d'omnipotence, la véritable autorité ne réside que dans les représentants de la nation, et c'est précisément ce qui fait la faiblesse et la force du président américain. Sa faiblesse, en ce sens que tout essai d'empiètement serait immédiatement réprimé, sa force en ce que le peuple américain « qui aime à sentir la main qui gouverne 2) », n'est pas hypnotisé par la perspective d'un abus d'autorité, qu'il sait être d'avance voué à un insuccès certain. L'institution de la présidence a donc pris aux Etats-Unis un développement

(1) Duguit : *Droit constitut.*, 1907, no 59.
(2) Desnoyers : *Rev. des Deux-Mondes*, 1ᵉʳ octobre 1901.

et une extension considérables, à l'inverse de ce qui s'est produit chez nous, où nos présidents subissent de plus en plus le joug du Parlement.

Le président de la République d'Amérique est élu pour quatre ans, et immédiatement rééligible. Il est assisté d'un vice-président. Tous deux sont élus au suffrage universel à deux degrés. En cas de décès ou de démission du président, le vice-président achève le mandat présidentiel. Le président ne peut dissoudre le Congrès, mais il a le droit exclusif de nommer et de révoquer les ministres, qui ne sont d'ailleurs pas responsables devant les Chambres. L'autorité et l'influence du président sont immenses, parce que sa personnalité est perpétuellement en jeu, parce qu'il impose sa volonté aux ministres et qu'il peut se passer de la majorité parlementaire. Ainsi les présidents Johnson et Cleveland ont gouverné avec un Congrès hostile, tout en conservant la même autorité. Cela est si vrai, qu'on ne comprendrait pas aux Etats-Unis qu'il en fut autrement. C'est que le président américain n'a pas été créé comme en France, à l'image des souverains constitutionnels : ce n'est pas l'arbitre des partis, c'est le représentant d'un parti (1). Comme tel, il doit prendre dans le gouvernement la

(1) MARCAGGI : *Les messages présidentiels en France et aux Etats-Unis*, 1906, p. 109.

place prépondérante et se passer du concours des ministres, quand ceux-ci refusent leur adhésion. C'est ainsi que le président Lincoln, ne tenait presque jamais de Conseil de cabinet (1). On s'explique dès lors, que la Constitution ait tenu à sauvegarder les droits du Congrès, en le mettant à l'abri des atteintes d'une si formidable puissance.

Le Congrès comprend deux Chambres : le Sénat élu pour six ans par les Assemblées de chaque Etat, à raison de deux sénateurs par Etat et renouvelable par tiers tous les deux ans ; — la Chambre des députés, élue pour deux ans, au suffrage universel à raison d'un député par 150.000 électeurs. Conformément au principe que nous avons indiqué, le Congrès est un corps permanent, seul maître de la date et de la durée de ses sessions. Il fixe lui-même la clôture ainsi que les ajournements. La clôture est prononcée par un vote émis dans les deux Chambres et qui s'exprime ainsi : « Il a été décidé par le Sénat et par la Chambre des représentants, que le président du Sénat et que le Speaker de la Chambre, sont autorisés à clore la présente session en ajournant les Chambres à dater du..... (2) ». C'est le seul régime ou le droit si important de clore le Parle-

(1) LAWRENCE : *North American Rewiew* 1880.
(2) TH. JEFFERSON : *Manuel de pratique parlementaire,* trad. DELPECH et MARCAGGY, *Annales des Facultés de Droit et des Lettres d'Aix*, 1905, p. 147.

ment, n'appartienne pas à l'exécutif : nous en avons
donné les raisons. Cependant l'influence présidentielle se fait sentir même sur ce terrain ; il est arrivé
en effet que le Congrès ait prononcé sa prorogation
dans le but unique de se conformer aux vœux
exprimés par le président (1). D'ailleurs d'après la
Constitution elle-même, le président en cas de
dissentiment entre les Assemblées sur la date de
l'ajournement, peut la fixer lui-même (2).

« La Suisse est une démocratie de par toute son
histoire. Elle est de naissance une démocratie. Dès
qu'elle apparaît sur la carte, dès qu'apparaissent ses
premiers éléments, dès ce moment elle est démocratique (3) ». La substance du régime helvétique
est en effet l'appel au peuple. Irréalisable dans un
grand pays, le système de la votation populaire a
toujours été en Suisse, le principe du gouvernement. Dans la tranquillité de ses montagnes, au sein
des vallées paisibles, les questions de toute nature se
discutent, s'approuvent ou se rejettent, sans que les
passions si promptes à se déchaîner ailleurs, aient
jamais porté le trouble dans les assemblées du
peuple. Unis par le lien fédéral, les cantons conser-

(1) *Rev. p.l. et parlem.*, 10 février 1906, p. 277 et s.
(2) Th. Jefferson : Loc. cit. p. 146.
(3) Ch. Benoist : *Une démocratie historique, Rev. des
Deux-Mondes*, 15 janvier 1895.

vent individuellement leur autonomie, il n'y a pas de centre attrayant, pas de gouvernement central dont les ordres puissent à la fois, se transmettre à travers les villes, les villages et les hameaux, et trouver partout une garde prétorienne prête à en assurer le respet et l'exécution. C'est que « la centralisation n'est pas une fleur des Alpes, que l'Etat est toujours dans sa forme ce que la géographie demande et permet qu'il soit. Quelque violente qu'ait été une tempête, elle ne suffit pas à changer le climat et le relief du sol (1) ». Ainsi les transformations politiques qui ont si vivement agité les états voisins de la Suisse, et qui se sont répercutées partout autour d'elle, n'ont fait qu'effleurer la cime de ses montagnes. Le gouvernement de la Suisse est resté ce que sa situation géographique voulait qu'il fut.

La Constitution de 1874 confie l'autorité législative fédérale à deux Assemblées : le Conseil des Etats, formé par les députés des cantons, à raison de deux par cantons ; le Conseil National, composé de représentants élus directement à raison d'un député par 20.000 habitants. L'union de ces deux corps forme l'Assemblée fédérale. Le rôle de celle-ci (art. 84 et 85) est de s'occuper de tous les objets placés par la Constitution dans la compétence de la

(1) CH. BENOIST : Op. précit.

confédération, à moins que ces objets ne soient expressément réservés à une autre autorité fédérale. L'autorité exécutive est attribuée à un Conseil fédéral, composé de 7 membres, élus pour trois ans par l'Assemblée fédérale. Le Conseil fédéral élit son président, qui devient alors le Président de la Confédération. Il est nommé pour un an et non rééligible. Ses pouvoirs sont limitativement énumérés par l'article 102 (1). L'appel au peuple est obligatoire dans deux cas : en cas de révision de la Constitution, ou par application de l'article 1 de la loi du 17 juin 1874. La Constitution est révisée, lorsque 50.000 citoyens en font la demande : une fois cette demande formulée, on en constate la régularité et l'on soumet alors au peuple la question de l'opportunité d'une révision ; en cas de réponse affirmative, l'Assemblée fédérale est dissoute de plein droit, et procède après sa réélection à l'étude d'un projet de révision : ce projet ne deviendra loi, qu'après la sanction populaire. Une loi du 8 avril 1891 a encore étendu ce droit du peuple, elle dispose que 50.000 citoyens pourront faire eux-mêmes une proposition de révision, qui sera directement soumise à l'approbation populaire. L'article 1 de la loi du 17 juin 1874 prescrit de soumettre à la ratification populaire, toute loi fédérale,

(1) DARESTE : *Constitut. modernes*, Tome I. p. 505.

lorsque la demande en a été faite par 30.000 citoyens
ou 8 cantons. Il en est de même pour les arrêtés qui
n'ont pas un caractère d'urgence. Les détails de
procédure sont réglés par la loi fédérale. Telle est en
peu de mots, la structure du système politique de la
République helvétique. Ceci connu, quels nous
semblent devoir être les rapports entre les pouvoirs publics ?

Ces rapports indispensables dans les Etats centralisés et représentatifs, diminuent d'importance dans
le régime que nous étudions.Encore les mots de pouvoirs publics conviennent-ils imparfaitement aux
autorités de la Suisse. La souveraineté et l'exercice
du pouvoir sont confondus dans la nation ; toute
action du législatif sur l'exécutif et vice-versa appartient de droit au peuple lui-même. Or en pratique
c'est ce qui arrive et nul n'a lieu de s'en étonner : le
peuple qui a toujours le droit d'évoquer l'affaire, n'a
rien à craindre des assemblées législatives, qui ne
sont que des assemblées de préparation. Le Conseil
fédéral ne peut pas prétendre à une omnipotence
dangereuse pour la liberté publique, puisque son
pouvoir est limité par celui des pouvoirs cantonaux.
Toutes choses qui enlèvent aux Assemblées et aux
Conseils, le prestige et l'autorité dont jouissent
ailleurs les Chambres et le gouvernement. « Il n'est
personne qui n'ait été frappée, on ne veut pas dire
du discrédit où est tombée l'Assemblée fédérale,

puisque tout le monde prodigue à ses membres les marques extérieures du respect, mais de l'inattention que l'on met à suivre ses débats et du peu d'importance que l'on attache à ses résolutions. La raison de ce détachement est toute simple. Ce n'est point que le Parlement helvétique ne contienne point d'hommes de valeur..... mais c'est que le peuple suisse ayant toujours en main sa souveraineté, armé qu'il est du veto et de l'initiative, sait qu'en définitive, il ne cesse pas un instant d'être son législateur, qu'il n'aura que les lois qui lui plaisent et qu'il aura toutes les lois qui lui plaisent (1) ».

Dans un tel régime, il n'y a pas de place pour le droit de dissolution, ni pour le droit de clôture au sens parlementaire du mot. On s'étonnerait d'ailleurs d'y trouver une responsabilité ministérielle. Tous ces droits sont confiés au peuple. L'Assemblée fédérale est convoquée annuellement par le Conseil fédéral, cette convocation n'est qu'une formalité, puisque c'est le règlement des assemblées qui en détermine la date ; d'autre part celles-ci peuvent être réunies hors session sur l'ordre du Conseil fédéral, du Conseil national ou sur la demande de cinq cantons. Le droit de clôre les sessions, appartient entièrement à l'Assemblée fédérale ; mais nous le répétons,

(1) Ch. Benoist : Op. précit.

appartiendrait-il au pouvoir exécutif, qu'il n'en serait réduit qu'à une insignifiante formalité.

L'organisation des cantons à part certaines divergences de détail procède des mêmes principes, nous ne pourrions que répéter à leur sujet, ce que nous avons dit de la Suisse en général.

TITRE DEUXIÈME

Effets de la clôture de la session parlementaire

CHAPITRE PREMIER

**De la péremption des travaux parlementaires. —
Origine et inconvénients de cette pratique**

La clôture de la session peut produire des effets
secondaires, tels que ceux de mettre fin aux pouvoirs
du bureau ou de suspendre les immunités parlementaires : nous avons déjà eu l'occasion de les énumérer,
nous n'y reviendrons pas. Mais à côté de ceux-ci, il y
a des effets juridiques d'une importance particulière, sur lesquels il conviendra d'insister plus
longuement. En particulier, la clôture de la session
influe d'une manière directe sur les travaux parlementaires, cette influence est plus ou moins grande
suivant les divers états, quelques-uns l'ont réduite,
d'autre l'ont annihilée.

La clôture de la session se manifeste à ce point de
vue par deux phénomènes : elle est susceptible de
périmer tous les travaux en cours, d'autre part,

lorsque la Constitution ou le règlement interdisent de représenter dans la même session une proposition rejetée, la clôture met fin à cette interdiction. Pour ces deux raisons, il y a un intérêt capital à distinguer l'ajournement de la clôture de la session, car l'ajournement à l'encontre de la clôture ne produit aucun effet de péremption.

C'est également à ce propos qu'apparait l'importance de la clôture de la session, puisqu'elle n'influe pas seulement sur la réunion des Assemblées, mais qu'elle exerce encore une action réelle sur leurs travaux. La détention de ce droit par le pouvoir exécutif constitue donc bien une arme véritable et il est juste que les lois constitutionnelles en aient limité l'exercice afin d'en prévenir l'abus.

Les pages qui vont suivre seront consacrées à l'étude de la caducité des travaux législatifs et à l'examen de la règle qu'une proposition rejetée ne peut être reprise qu'à la session suivante.

I

La clôture de la session et la dissolution ont, en principe, pour effet de rendre caducs tous les projets ou propositions qui n'ont pas encore acquis force de loi. De telle sorte que plus tard, pour faire aboutir ces projets, il sera nécessaire de leur faire suivre à nouveau toutes les phases de la procédure, comme s'il n'y avait eu aucun travail de fait. C'est ce que l'on nomme la péremption des travaux parlementaires.

La clôture de la session produit les effets de péremption en Angleterre et en Italie. Il en était de même en France sous la Restauration. Devant les inconvénients de cette pratique, la plupart des états ont fini par y renoncer et ont limité à la dissolution, *lato sensu*, les effets de la caducité.

Ou trouver l'origine de la caducité par clôture de session ?

Le professeur Miceli a fait sur ce point une étude critique des plus approfondies (1) : il déclare que c'est dans le Parlement anglais, qu'il faut rechercher cette origine. Au début de son existence, celui-ci était réélu à chaque convocation, de telle sorte que la session coïncidant avec la législature, les effets de l'expiration de l'une s'appliquaient normalement à l'expiration de l'autre. A partir de Henri VIII seulement, la législature comprit plusieurs sessions ; la règle changea, mais les effets demeurèrent. D'autre part, les membres du Parlement anglais, sont toujours considérés en droit, comme les conseillers de la Couronne (2), celle-ci les convoque pour solliciter

---

(1) VINCENZO MICELI : *La chiusura della Sessione parlamentare e i suoi effetti juridici.* Annales de l'Université de Pérouse, 1895 ; 9e série, volume V, Fasc. 2, 3, 4. Opuscule analysé par M. F. MOREAU dans la *Revue du droit public*, tome XI, p. 529 et s.

(2) ESMEIN : *El. de droit constit.*, p. 756.

leurs conseils ; une fois leur session close, tout ce qui n'a pas été admis par le Roi ou qui ne lui est pas parvenu, doit être considéré comme n'ayant jamais existé. Tels sont les origines de la caducité des pro-positions de lois. Mais avec le développement du pouvoir des Assemblées représentatives modernes, il semble bien que cette règle aurait dû disparaître complètement de la pratique du régime parlemen-taire.

Nous avons distingué les Assemblées permanen-tes des Assemblées périodiques, et nous avons admis que les secondes étaient plus conformes au prin-cipe de la séparation des pouvoirs, base de tout régime libéral. Mais nous n'hésiterions pas à les critiquer, si la division du travail parlementaire en sessions, devait avoir pour effet de conférer détenteur du droit de clôture, le pouvoir d'annu-ler tous les travaux non encore terminés. « Tant que la session n'est qu'une simple interruption de travail, elle a une utilité certaine. Elle permet aux ministres et aux commissions d'étudier et de mûrir les propositions et les projets de loi ; elle permet aux députés de sortir du milieu de leurs collègues, d'aller se retremper au sein de leurs électeurs. Elle leur fournit l'occasion de rafraîchir leurs impressions et leurs idées, que l'atmosphère tou-jours un peu vicié de la Chambre a peut-être trou-

blé, si non entièrement changées et détruites (1) ».
Mais ce bénéfice est entièrement perdu si l'on sup-
prime toute corrélation entre deux sessions consé-
cutives. On se trouve pris dans ce dilemne, ou
donner à la session une longueur très grande et
alors on crée une assemblée permanente, ou la session est réduite à ses proportions ordinaires et alors
le travail législatif n'a pas le temps de s'élaborer.
Que peut-on exiger d'une commission dont la
tâche est de préparer une loi fondamentale et qui
ne dispose que de quelques mois ? C'est la réduire
à l'impuissance ou lui faire produire une œuvre
hâtive qui se déformera et se brisera à sa première
application.

Les institutions sont avant tout l'œuvre du
temps, de l'expérience, et de la discussion : toutes
nos lois françaises qui ont marqué un progrès dans
la législation ont eu une gestation de dix et de vingt
années, et c'est beaucoup à cette élaboration lente et
méthodique qu'elles ont dû leur stabilité.

Avec le système de la caducité l'on s'expose à
rester dans un éternel provisoire « or en matière
d'organisation sociale, le provisoire est un malheur
public (2) » ; l'on condamne les Assemblées à rouler
un rocher de Sisiphe, en les forçant à refaire perpé-

(1) V. MICELI : Op. précit., p. 123.
(2) Rapport JAY : *Moniteur* 30 décembre 1832, p. 2243.

tuellement les mêmes efforts ; la perte de temps est énorme et de graves intérêts restent en suspens. « Il en est, dit M. Moreau, d'une Chambre comme d'un individu. Celui-ci n'agit pas de façon perpétuelle, cependant sa personnalité subsiste à travers ses périodes d'activité et de repos : elle établit entre ses actes successifs, aussi éloignés qu'ils soient, un lien évident ; les travaux qu'il a entrepris ne sont pas anéantis par cela seul qu'ils sont interrompus par le sommeil par exemple. Son existence forme un cours continu, malgré les suspensions de son activité. Une assemblée est un être juridique auquel s'applique les mêmes règles (1)». D'autre part on décourage l'initiative, l'on réduit à néant des efforts nombreux et des travaux dont le pays devrait profiter.

M. Miceli a magistralement démontré à cet égard l'inconvénient qui résulte pour les commissions parlementaires de ce défaut de connéxité entre les périodes législatives : en effet, dit-il, si quelques comités ont un caractère politique, d'autres s'occupent exclusivement de questions juridiques qui exigent une étude sérieuse ; il est dérisoire d'en interrompre le cours par un décret de clôture. D'autant que la clôture de la session est avant tout un acte politique (2), or la politique et le droit doivent

(1) Moreau : *Rev. de droit public*, tome XI, p.
(2) V. Miceli : Op. précit., p. 130.

être séparés pour ne pas se nuire. Enfin, il y a quelque chose de nature à discréditer les assemblées
politiques, dans le fait que le chef de l'Etat peut d'un
seul trait de plume rendre nuls et sans effet, des
discussions et des travaux parfois considérables (1).
Le prestige des débats parlementaires en est consi-
dérablement affaibli, et les représentants apparaissent non comme formant un pouvoir égal à l'exécutif, mais plutôt comme une assemblée de subor-
donnés. « Cette destruction périodique des travaux
des Chambres est faite pour fortifier l'opinion que le
régime parlementaire est la perte de temps orga-
nisée pour engendrer le scepticisme, la faiblesse
l'indifférence pour la chose publique (2)».

C'est donc avec raison que la plupart des Etats,
ont aboli une pratique aussi défectueuse, contraire
à la raison et à la nature même des choses : contraire
à la raison qui suppose la réflexion, contraire à la
nature qui répugne à toute transformation violente.
L'Angleterre et l'Italie ont voulu se débarrasser
de cette règle, mais leurs efforts ne sont pas
encore parvenus, comme chez nous, à en détruire le principe. Quelle peut en être la raison ?
Il ne faut la chercher que dans des considérations

(1) Miceli : Op. précit. p. 131.
(2) Moreau : *Revue du droit public*, tome XI. *Cf.* Regi-
nald Mac-Kenna : *Revue politique et parlementaire*,
tome XXX, p. 420.

politiques : la péremption des travaux parlementaires, résultant d'un simple décret de clôture, assure
au gouvernement une prépondérance absolue et une
supériorité incontestable sur le pouvoir législatif.
S'il se sent menacé par le vote probable d'une proposition de loi, il n'a en effet qu'à clore la session ; de
la sorte, tout étant à recommencer, il n'a plus rien à
redouter pour longtemps. De même un cabinet qui
a déposé des projets de loi et qui redoutant un échec
ne veut plus les faire discuter, a recours à ce subter-
fuge, de faire signer une ordonnance de clôture.
Cela lui évite de les retirer, chose qui serait contraire
à la dignité gouvernementale. Ainsi une dépêche de
Rome du 24 juillet 1893, nous apprenait que le
Conseil des ministres italien avait décidé de clore
la session et d'en ouvrir une autre en novembre,
dans le but de faire tomber certains projets de loi
que le gouvernement ne voulait plus faire adopter.
On comprend donc que les ministères voient dans le
maintien de cette règle, une question vitale, et pourquoi ils s'opposeront toujours à ce que l'on y déro-
ge (1). Nous y voyons au contraire une raison de
plus pour la supprimer : en donnant une telle force
à un décret du pouvoir exécutif, l'on rompt l'harmonie des pouvoirs et l'on porte une atteinte certaine
aux droits des assemblées législatives. Nous verrons

(1) *La vie politique à l'Etranger*, 1899, p. 87.

ultérieurement comment les assemblées peuvent arriver à cette suppression.

II

La caducité des propositions de lois provenant de la dissolution des assemblées, quoique présentant toujours de nombreux inconvénients, se justifie cependant par des arguments plus sérieux. Il n'y a pas, à notre avis, en dehors de considérations purement historiques ou politiques, de raisons à invoquer en faveur de l'effet absolu de péremption produit par la clôture de la session : ces raisons existent au contraire quand l'assemblée s'est renouvelée. A l'issue d'une législature le Parlement meurt, il renait par la réélection. On comprend que les décisions de l'Assemblée défunte ne puisse lier l'Assemblée nouvelle, que celle-ci ne soit pas astreinte à reprendre au point où ils en sont restés les travaux demeurés en suspens.

En effet, il a pu se produire pendant la législature qui s'achève, des débats qui aient passionné l'opinion publique ; certaines résolutions, certains votes de l'ancienne Chambre ont pu servir de plate-forme électorale : si le pays se prononce contre les représentants, ce serait méconnaitre ses droits que d'imposer aux nouveaux élus des travaux désapprouvés par leurs électeurs.

Tel est le principe, mais il ne faut pas le pousser à l'extrême et déclarer qu'aucun lien ne doit exister entre deux sessions séparées par un renouvellement intégral. Les différentes législatures sont les périodes de vie d'un même Parlement, elles sont comme les générations successives d'une même nation. Comme tous les êtres, le Parlement est soumis à des transformations, ces transformations renouvellent sa nature, elles n'altèrent pas son essence. Il y a plusieurs législatures, il n'y a qu'un Parlement, de même que s'il y a plusieurs générations, il n'y a qu'une nation. A vrai dire le Parlement ne se renouvelle pas, il puise à intervalle régulier, une nouvelle force au sein de la nation dont il émane, comme une plante puise chaque année au printemps une nouvelle sève dans la terre.

L'idée d'anéantissement est d'ailleurs contraire à la nature de l'homme ; tout être doué d'intelligence et de raison tend à se survivre à lui-même. Les hommes d'aujourd'hui vivent de travaux et des découvertes de leurs ancêtres, les hommes de demain profiteront de l'expérience des hommes d'aujourd'hui. Pourquoi vouloir contester aux membres d'une assemblée politique le droit de se conformer à cette loi de la nature? Pourquoi vouloir leur enlever l'espérance que leurs travaux ne seront pas frappés de stérilité, même s'ils n'obtiennent pas immédiatement un résultat définitif? Ce qu'il faut admettre, c'est que l'assemblée se survit à elle-même : elle se survit d'abord dans le fait que ce sont les hommes de la même nation qui la composent toujours, que ces mêmes hommes travaillent au bien du même pays, de la même patrie, quel que soit d'ailleurs le parti politique auquel ils appartiennent.

Il y a, d'autre part, des raisons plus concrètes d'admettre cette survivance : le professeur Miceli les a classées en deux catégories (1) : raisons de fait et raisons de droit. Les raisons de fait proviennent de ce qu'à chaque renouvellement la majorité des députés est toujours réélue, que l'élément nouveau n'est que d'un quart ou d'un cinquième, et qu'ainsi les caractères fondamentaux de l'ancienne assemblée se perpétuent dans la nouvelle. Il faut ajouter à cela la communauté des traditions, la permanence des souvenirs, qui sont comme de glorieux trophées dont les nouvelles générations doivent assurer la garde et le respect. « La Chambre des Communes actuelle n'a plus rien à voir avec celles qui ont voté le Bill des Droits, l'abolition de l'esclavage, l'abolition des droits d'entrée sur les céréales, cependant elle se rappelle volontiers ces séances mémorables et se considère comme la descendante spirituelle de ces Assemblées qui, à différentes époques, ont opéré

(1) MICELI : Op. précit., p. 139.

de grandes choses, et résolu les plus grands problèmes de leur temps (1) ». Mais à ces raisons s'ajoutent des considérations juridiques en vertu desquelles on peut dire qu'une Assemblée ne meurt pas. Une Assemblée politique est partie intégrante de ce que l'on nomme l'Etat. Or l'Etat est une personne juridique permanente qui reste identique à elle-même, non seulement à travers les transformations journalières, mais à travers les bouleversements politiques. Les gouvernements réguliers obligent leurs successeurs, les lois survivent aux régimes qui les ont engendrées, l'Etat reste le même, parce que son élément subjectif consiste dans la combinaison de deux notions immuables, l'autorité politique et le territoire. Or si l'Etat reste le même, il ne peut y avoir de différence de nature entre les organes qui le composent, il faut donc admettre une certaine persistance des organes anciens dans les organes nouveaux.

Enfin le règlement intérieur, suivant lequel chaque Chambre exerce ses attributions n'est pas fait pour une seule législature, il les oblige successivement toutes : c'est encore une preuve de permanence. S'il n'en était pas ainsi, si une assemblée nouvellement élue devait rompre avec tout le travail déjà fait, elle devrait commencer par élaborer

(1) MICELI : Op. précit., p. 140.

son règlement, or jusqu'à présent, **personne n'a jamais osé le soutenir.**

La théorie que nous venons de développer a soulevé deux objections. Avant d'en examiner la portée, remarquons d'abord que les travaux d'une Chambre disparue, peuvent se présenter à la nouvelle sous deux aspects différents : ils peuvent n'avoir été l'objet que d'une discussion sans vote subséquent, dans ce cas ils appartiennent entièrement à l'Assemblée renouvelée, qui est maîtresse de les maintenir à son ordre du jour ou de les en rayer. Mais comme cela se voit dans la presque totalité des pays constitutionnels, le Parlement peut comprendre deux Chambres, l'une permanente et au sujet de laquelle la question de caducité ne se pose pas, l'autre sujette au renouvellement. Or les travaux de cette dernière peuvent avoir donné lieu à un vote et avoir été transmis à la Chambre permanente, qui n'a pas encore eu le temps de les examiner. Dans ce cas que doit-il advenir ? Selon notre théorie, ils doivent être considérés par la Chambre Haute, comme ayant une valeur juridique constante, indépendante du renouvellement de la Chambre dont ils sont issus. A cela les partisans de la caducité opposent le raisonnement suivant : la coexistence des deux Chambres est nécessaire pour donner force de loi à un projet, or cette coexistence n'existe pas si le projet transmis à la Chambre Haute a été voté par une Chambre populaire disparue. Il faut pour que le principe de la dualité soit respecté, que la nouvelle Assemblée parlementaire se prononce sur le projet. Cette objection a été formulée au Sénat par M. Caillaud dans la séance du 26 novembre 1877, et à la Chambre par M. Barthe, le 23 janvier 1879. « Le pouvoir législatif, déclara M. Caillaud, ne peut fonctionner qu'autant que la Chambre des députés et le Sénat coexistent et siègent ensemble, comme le veut la Constitution, ils ne peuvent pas, vous savez, tenir de session séparée.... Une loi est nécessairement le résultat de leurs travaux communs. Je considère par ces motifs que les travaux de l'ancienne Chambre ont disparu avec elle, qu'aucune des propositions présentées par elle ne subsiste, qu'aucun de ses votes n'a de valeur législative aujourd'hui (1) ». Et M. Barthe : « Pour qu'un projet devienne une loi entourée du respect et de l'autorité qui lui sont dus, qui s'impose à tous, qui sont exécutés sans réserve, sans restriction, sans même une réticence morale, il faut que ce projet ait été voté régulièrement par les deux Chambres..... Il me semble indispensable au point de vue des principes parlementaires, qu'un

(1) Sénat, séance du 26 nov. 1877, *Journal Officiel* 27 nov., p. 1194.

projet de loi soit voté par deux Chambres coexis-
tantes, par deux Chambres actuelles » (1).

On apporte ensuite à l'appui de ces raisons de droit,
des considérations pratiques qui évidemment ne
sont pas dénuées de fondement. On dit qu'un projet
voté par la Chambre ancienne peut avoir été désap-
prouvé par le pays, et qu'il serait dangereux de
promulguer une loi, contredite et blâmée par la
Chambre nouvelle. A ces objections nous répondons,
qu'au point de vue des principes, la règle de la
coexistence est observée aussi bien lorque le vote a
été émis par la Chambre ancienne, que s'il avait été
l'œuvre de la nouvelle : autrement il faudrait
refuser à la Chambre qui est sur le point de se
séparer le droit d'exercer ses attributions, puisque
d'avance tous ses actes seraient frappés de nullité.
Or on ne voit pas, en l'absence de textes formels, la
base d'un tel raisonnement. Pourquoi frapper
d'incapacité un organe régulier du pouvoir, sous
prétexte qu'il est sur le point de se renouveler ? Il y
a là une question trop grave, et qui à notre avis, ne
peut être tranchée par voie d'interprétation. « Les
votes de la Chambre sont en principe des votes
définitifs, si elle est temporaire, ses votes ne le sont
pas. Pour en décider autrement, relativement à

(1) Chambre des Députés, séance du 23 janvier 1879.
Journal Officiel, 24 janvier 1879, p. 502.

certains d'entre eux, il faudrait se fonder sur un texte (1) ». En parlant de concommittance, il faut considérer les Chambres « comme deux organes permanents » c'est la Chambre en elle-même qui fait la loi et non pas telle législature de la Chambre (2).

Mais, ajoute-t-on, l'opinion du pays peut avoir changé, la Chambre nouvelle peut désapprouver la loi votée par l'ancienne, qu'arrivera-t-il si la Chambre Haute vote un projet blâmé par les représentants actuels de la nation ? M. le sénateur Jules Godin a répondu à cette objection en disant « qu'en pratique, elle ne saurait trouver son application que dans des cas bien rares. Elle se place dans le domaine des hypothèses, que même ne justifient guère la réalité des faits et les élections passées (3) ». Cela est évident et ainsi que nous le disions plus haut, l'élément nouveau qui entre dans une Chambre après un renouvellement intégral, ne dépasse jamais un quart ou un cinquième. Supposons cependant le fait possible : la solution générale a été donnée par M. Miceli : il n'y a qu'à poser en principe que tous les travaux de la Chambre défunte seront repris par la nouvelle, excepté si elle décide cas par

---

(1) Rapport Jules Godin au Sénat : *Sénat, documents parlementaires*, 1894, p. 281.
(2) *Cf.* Esmein : *El de droit const.*, p. 784.
(3) Rapp. Godin précit.

cas, de vouloir suivre une autre voie (1). Cette règle, insérée dans le règlement de chaque Assemblée. offrirait le meilleur moyen de concilier le droit des électeurs, avec la rapidité et le bon fonctionnement du travail parlementaire. Elle permettrait de ne pas reléguer aux archives des travaux souvent considérables, et constituerait la liaison la plus sûre pour créer cette survivance juridique, grâce à laquelle on obtiendrait plus de cohésion et plus d'uniformité dans la législation.

En France la Constitution de 1875 nous fournit le moyen d'arriver à ce résultat en l'absence de toute règle. Il a été indiqué par M. Henri Brisson, alors président du Conseil, dans la séance du 20 juin 1885. On discutait une proposition Rivière tendant à décider que les votes de l'ancienne Chambre devraient à l'avenir conserver toute leur efficacité, et l'objection que nous combattons avait été formulée par deux députés MM. Jolibois et Freppel (2). M. Brisson répondit alors : « Un des articles de la Constitution dispose, que même lorsqu'une loi a été votée par les deux Chambres, le président de la République peut

---

(1) V. MICELI : Op. précit. p. 147.
« La Camera deve riprendere i lavori interroti con la legislatura *tranne esse non decida caso per caso di voler seguire una via diversa* ».
(2) *Journal Officiel*, 21 juin 1885, p. 1160.

encore provoquer sur elle de nouvelles délibérations (*Très bien, très bien*). Je crois, Messieurs, que
cet article de la Constitution suffit, et qu'il résout la
question, et je vais si la Chambre me le permet,
essayer de lui indiquer pourquoi. La Chambre nouvelle sera maitresse du ministère, qu'elle aura fait,
qu'elle aura créé, qui sera dans sa main et qu'elle
pourra renverser. Si en conséquence dans le passé
de la Chambre précédente, il se trouve déjà transmise au Sénat, une proposition de loi que la Chambre nouvelle voudrait voir abolir, eh ! bien ce sera
à elle d'obtenir du nouveau cabinet qu'il demande
aux deux Chambres une nouvelle délibération et
certainement la Chambre l'obtiendra (1) ».

Ce raisonnement repris plus tard par M. Jules
Godin, résout en effet la question et fait disparaître
en France toute crainte de conflit entre une
Chambre nouvellement élue et les actes d'une
Chambre disparue. Aussi par disposition réglementaire du 10 décembre 1894, le Sénat a-t-il
décidé de maintenir aux votes de l'ancienne Chambre toute leur efficacité.

Frappés des inconvénients du système que nous
venons de repousser, certains pays, notamment la
Belgique ont essayé de suivre l'exemple de la France.

_____

(1) Chambre des Députés, 20 juin 1885, *Journal Officiel*
21 juin 1885, p. 1172.

Néanmoins le plus grand nombre des Etats parlementaires, n'a pas encore réalisé cette réforme, du moins en ce qui concerne les effets du décret de dissolution ou de l'expiration de la législature. Or l'une des raisons du maintien de la caducité, consiste dans les difficultés pratiques qui paraissent s'opposer à son abolition. Nous allons en examiner la valeur.

III

La question la plus importante qui se pose au sujet de la caducité des lois, est celle de savoir à quel domaine elle appartient. En d'autres termes le rejet de cette pratique doit-il être effectué par voie constitutionnelle, législative ou réglementaire? Le fait a toujours été très discuté ; il a d'ailleurs reçu des solutions différentes suivant les époques. Disons tout d'abord qu'étant donné les inconvénients qui résultent de la péremption totale des travaux parlementaires, par le fait de la clôture d'une session, de l'expiration de la législature, ou de la dissolution, il est conforme aux intérêts des assemblées législatives de suivre pour détruire ces inconvénients, la procédure la plus simple et celle qui sera de nature à faire naître le moins d'obstacles. Ceci posé, quelle sera d'une disposition constitutionnelle, legislative, ou réglementaire, la plus facile à obtenir ? Ce sera de toute évidence la disposition réglementaire : nous croyons inutile de le démontrer. Donc si nous prouvons et nous espérons y parvenir, qu'il n'y a aucune objection de droit à ce que le maintien ou le rejet du système de la caducité des lois soit l'œuvre d'un article de règlement, ce sera au point de vue pratique la solution à adopter.

Il peut paraître étrange au premier abord, de voir confier à une disposition réglementaire la solution d'une question aussi importante que celle des effets d'un décret de clôture ou de dissolution. Cette question qui se rattache directement à la pratique du régime représentatif, ne serait-elle pas mieux placée au sein même de la Constitution ? Et le règlement aura-t-il l'autorité, jouira-t-il du respect nécessaire, pour assurer l'exécution de la décision adoptée ? Eclaircir ce doute, nous amènera à établir l'importance du règlement.

« Le règlement est un ensemble de dispositions par voie générale, déterminant l'ordre et la méthode des travaux de chaque assemblée (1) ». Nous croyons qu'il n'est pas inutile de revenir sur un préjugé assez commun, qui dit que les questions de forme sont indignes du droit. Sans doute le règlement traite des formes, mais l'adoption de telle ou telle forme, l'application de telle ou telle règle, acquiert lorsqu'il s'agit de faire des lois, une gravité

_____

(1) Duguit : *Droit constitut.*, p. 850.

qu'on ne soupçonne pas, et si « nous pouvions tracer
exactement l'histoire de plusieurs corps politiques,
nous verrions que tel s'est conservé, tel autre s'est
détruit par la seule différence de leurs modes de
délibérer et d'agir (1) ». Qu'on ne s'étonne pas, dès
lors, qu'un règlement contienne des dispositions
importantes ; un règlement a souvent plus de portée
qu'une loi organique, et telle matière qui est à une
époque du domaine constitutionnel, passe à une
autre dans le domaine réglementaire. « Par la force
des choses, dit M. Duguit, les règlements des Assemblées politiques contiennent souvent des dispositions très importantes, qui pourraient très justement trouver leur place dans la loi constitutionnelle (2) ». Et M. Pierre déclare qu'un règlement « a
souvent plus d'influence que la Constitution elle-
même sur la marche des affaires publiques (3) ». La
question de la caducité des lois n'est donc pas dé-
placée au sein d'un règlement : c'est même par le
règlement seul, que toutes les questions de procédure parlementaire — et cela en est une — devraient
être réglées (4).

(1) Discours préliminaire à la « Tactique des assemblées législatives » de Jérémie Bentham, cité par Charles
BENOIST, dans « la Méthode législative » préface à l'ouvrage
de MM. MOREAU et DELPECH : *Les règlements des assemblées législatives*.
(2) DUGUIT : Op. précit., p. 850.
(3) PIERRE : *Traité de droit politique*, n° 445.
(4) *Cf.* PIERRE : *De la procédure parlementaire*, 1887.

La question rentre-t-elle dans les attributions du pouvoir constituant ? Nous ne le pensons pas. Sans doute dans les pays où la clôture de la session entraine la caducité, on pourrait considérer comme contraire au principe de la séparation des pouvoirs la résolution émanée des Chambres qui paralyserait les effets d'un décret de l'exécutif : cela est vrai. Mais cette ingérence est-elle inconstitutionnelle ? C'est la démonstration que l'on ne fait pas. La pratique suivie en Angleterre et en Italie est, nous l'avons dit, le résultat d'une tradition, et rien dans les différentes chartes anglaises, pas plus que dans la Constitution italienne de 1848, n'assigne de tels effets à la clôture de la session. Sur quoi s'appuie-t-on, pour en faire une disposition constitutionnelle ? On ne saurait limiter les droits d'un organe de l'Etat, à l'aide de simples déductions hypothétiques. Jamais dans aucun pays, la question n'a revêtu le caractère constitutionnel. d'ailleurs n'est inconstitutionnelle que la loi qui porte atteinte à la Constitution, or aucune institution ne renferme de disposition sur ce point. La question, vivement discutée en Angleterre et en Italie, n'a cependant pas encore abouti à une solution définitive. Quant à nous, nous ne voyons aucune raison de réserver à la Constitution le droit de trancher la difficulté.

Une loi sera-t-elle nécessaire ? On s'est fondé pour le soutenir sur ce que les lois, étant l'œuvre du

Parlement tout entier ainsi que du pouvoir exécutif, une loi était également nécessaire pour fixer la méthode législative : « Quand trois pouvoirs, disait M. le député Salverte, concourent à la confection d'une loi, il n'est pas indifférent qu'ils soient d'accord sur la forme d'un acte si important (1) ».

La question fut vivement controversée à la Chambre des députés française, en décembre 1832. Sur l'initiative de M. Salverte, une commission avait déposé un projet de loi, ayant pour but de faire cesser les effets anormaux de la clôture de la session. Quand le projet vint en discussion, un député M. Dumeilet, proposa de transformer en article de règlement, la proposition législative. Il basait sa proposition sur ce que rien dans la Charte n'avait trait à la procédure des lois, sur ce que la question se réduisait à une méthode de travail de la compétence exclusive de la Chambre. Son raisonnement combattu par M. Salverte et le rapporteur, M. Jay, obtint cependant l'adhésion de l'Assemblée et la proposition de la loi devint l'article 53 du règlement (2).

Ce précédent aurait dû, semble-t-il, faire jurisprudence, cependant la Chambre des Communes d'Angleterre s'est prononcée, en 1882, dans un sens différent. Un membre de cette assemblée, M. Clarke

(1) *Moniteur*, 1er janvier 1833.
(2) *Moniteur*, 30 décembre 1832, p. 2243, et 1er janvier 1833.

avait introduit une motion, tendant à décider que les bills, ayant déjà subi une deuxième lecture, fussent repris à la session suivante au point où ils avaient été laissés. M. Dodson combattit cette proposition en disant que s'il ne s'agissait que de reprendre dans la même Chambre un bill au point où il avait été laissé dans la session précédente, il n'y avait pas d'avantage très sérieux à édicter sur ce point une disposition légale : en effet l'on n'aurait qu'à accélérer ces formalités lors de la rentrée. Mais s'il s'agissait de conférer au vote unilatéral d'une Chambre, une efficacité postérieure à la session en matière de bill public, de telle sorte que l'autre Chambre puisse se saisir du texte et le transformer en loi, sans le représenter à celle qui l'avait votée avant la clôture, dans ce cas, déclara M. Dodson, la question était législative. Car c'est d'après la Constitution même qu'un bill n'est censé émaner des deux Chambres, qu'autant qu'il a été voté par elles dans le cours de la même session. La Chambre des Communes approuva l'orateur et la motion Clarke fut rejetée par 126 voix contre 21 (1).

En ce qui concerne les effets de la dissolution ou de l'expiration de la législature, les précédents, sauf

(1) *Ann. de législ. étrang.*, 1883, p. 13 et 14 ; *Bull. soc. de législ. comp.*, 1882, p. 468 et suiv.; DE FRANQUEVILLE : *Le gouvernement et le Parlement britanniques*, p. 431.

cependant en Belgique (*V. infra.*), sont tous en faveur du règlement. Ce sont partout les règlements qui statuent sur toutes les questions de caducité, et lorsque, en 1894, la commission du Sénat français. sur l'initiative de M. Demôle proposa d'abolir les effets de l'expiration de la législature sur l'œuvre législative, personne ne s'opposa à ce que la question fut tranchée par voie réglementaire.

Dans l'un comme dans l'autre cas, nous estimons qu'une loi n'est pas nécessaire : en effet de quoi s'agit-il ? De faciliter le travail législatif, d'éviter des formalités fastidieuses, de profiter de recherches souvent nombreuses et toujours précieuses : ce sont là des questions de régime intérieur. Chaque assemblée est libre de suivre pour ses travaux la méthode qui lui paraît préférable et nul ne peut lui en contester le droit, tant que ce droit ne porte pas atteinte à un texte de loi. D'autant que résolue par voie législative, la question deviendrait d'une solution difficile : le ministère risquerait de s'opposer pour des considérations purement politiques à l'abolition de cette caducité. Celle-ci en effet lui donne une prépondérance incontestable sur le Parlement. Il lui importerait donc de s'opposer à toute mesure qui serait de nature à ruiner cette supériorité.

Or si les législateurs anglais et italiens s'obstinent à voir là une question législative, ils risquent de perpétuer chez eux une pratique dont chacun reconnait les inconvénients. Si l'on adopte, au contraire, la voie réglementaire, l'on n'aura pas à redouter l'ingérence du ministère, ni l'entraînement de la majorité dont il dispose.

Enfin le règlement étant l'œuvre d'une seule Chambre, n'est pas soumis aux objections ni à la résistance des autres organes de l'Etat. Toutes choses qui assurent à son élaboration la simplification des formalités et la rapidité du vote. ·

Mais, dira-t-on, en admettant qu'une Chambre puisse faire ressusciter par voie réglementaire les propositions restées en suspens à la fin d'une session ou à l'expiration d'une législature, comment admettre qu'il pourra en être de même pour les projets gouvernementaux ? En d'autres termes si le projet déposé par un ministre est devenu caduc, que le ministre ne veuille pas le voir reparaître, comment une disposition réglementaire qui n'oblige que la Chambre qui l'a votée, réalisera-t-elle cette résurrection ? En vertu de quel pouvoir obligera-t-elle un ministère à représenter son projet ? Nous répondrons à cette objection, en disant qu'il est faux de voir une différence entre les projets et les propositions de loi, une fois qu'ils ont été déposés. En effet, une fois le dépôt effectué, ils n'appartiennent plus à leur auteur. Ils appartiennent à l'assemblée, qui les façonne et les modifie à son gré, au gré de ses tendances et de ses désirs, qui en un mot les fait siens. Sans doute l'auteur d'un projet a toujours le droit de le retirer avant le vote sur l'ensemble, mais tant que ce retrait n'a pas été opéré, la Chambre reste maîtresse d'en disposer et de suivre à son sujet la procédure qui lui paraîtra la meilleure.

Nous disons donc que les effets de la dissolution, de l'expiration de la législature et de la clôture de la session sur la péremption des travaux parlementaires sont exclusivement du domaine réglementaire. Cette opinion se justifie par des considérations pratiques dont nous avons souligné l'importance. par des précédents nombreux et enfin par des arguments juridiques qui ainsi que nous le croyons, ne permettent pas d'attribuer à la loi la solution de la question.

CHAPITRE II

Régimes où la clôture de la session
entraîne la caducité des propositions de lois.

Ainsi que nous l'avons indiqué déjà, la clôture de session annule, en Angleterre et en Italie, tout le travail parlementaire en cours. Cependant une évolution vers l'abolition de cette pratique se remarque de plus en plus dans chacun de ces deux pays. Il est intéressant d'en rechercher les phases, cela complétera ces explications que nous avons déjà fournies, sur les inconvénients multiples de cette coutume, tombée généralement en désuétude, et de l'opportunité qu'il y aurait de s'en défaire.

I

« La prorogation, écrit sir Anson, met fin à la session des deux chambres simultanément et arrête la marche de toutes les affaires courantes. Le bill

qui ayant traversé plusieurs phases de sa préparation ne serait pas au moment de la prorogation.
prêt à être soumis à l'approbation royale, doit être
repris à nouveau à ses débuts, lorsque le Parlement
est de nouveau convoqué et ouvert par le discours
du Trône »(1). Ainsi le principe général est formel ;
tout bill qui n'a été voté qu'en première et deuxième
lecture par une chambre, même après l'adoption
de ce bill dans la seconde chambre, est considéré
comme caduc si la clôture de la session intervient.
Tout travail inachevé, tout projet qui n'a pas abouti
à un résultat définitif avant la prorogation, ne peut
être repris que comme un projet entièrement
nouveau.

En un mot, à l'ouverture de chaque session, le
Parlement anglais trouve devant lui table rase,
quelle que soit la durée de la prorogation. C'est
ainsi qu'en 1689, Guillaume III, pour permettre
aux chambres de discuter immédiatement le bill
des droits, trouva dans la clôture de la session, le
moyen le plus simple pour déblayer l'ordre du
jour : le Parlement fut prorogé du 21 au 23 octobre
et le bill immédiatement voté (2). La règle s'appli-

____

(1) Anson : *Lois et pratique constitut. de l'Angleterre*,
p. 81, *Cf.* Erskine May : *Parliamentary pratice*, 8e édition,
p. 47. Esmein : *Et. de droit constitut.*. p. 786.
(2) De Franqueville : Loc. précit., t. I, p. 280 ; Erskyne
May : *Law of Parliament*, chap. II.

que également aux peines prononcées par la chambre des communes contre les personnes qui ont commis envers elle des offenses ou des violations de privilège. Si la chambre prononce une amende, et que cette amende ne soit pas payées lors de la prorogation, le condamné est libéré ; aussi depuis longtemps l'amende n'est-elle plus qu'une peine accessoire de l'emprisonnement. Mais l'emprisonnement lui-même cesse avec la clôture de la session, dès lors la chambre ne peut pas fixer la durée de la peine ; si elle fixait une durée et si la prorogation survenait avant l'expiration, le prisonnier devrait être relâché sur un *wirtt d'habeas corpus* (1).

Les vices inhérents à une semblable coutume n'ont pas échappé aux législateurs anglais, mais jusqu'ici les efforts qu'ils ont tenté pour y remédier sont restés lettre morte. La raison de cet insuccès s'explique en ce sens, que tout le régime anglais procède de dispositions coutumières, que les rares dispositions écrites qui semblent le régir constatent le droit plutôt qu'elles ne le créent. Or l'origine de la caducité par clôture de session est uniquement un vestige de la coutume des anciens parlements. Il n'y a pas en Angleterre comme ailleurs, de dispositions constitutionnelles, modifiant de fond en comble les institutions suivant les époques ; toute

(1) Anson : Op. précit., p. 208.

l'organisation anglaise est un merveilleux enchaînement de dispositions statutaires, s'appliquant toujours à un régime uniforme et ne variant qu'avec la
civilisation ; ces dispositions ont leur raison d'être
dans la coutume, or renoncer à la coutume serait
une violation de la loi et du droit. On peut même
affirmer et cette conviction ne fera qu'augmenter,
lorsque nous passerons en revue les différents projets présentés pour supprimer la règle, qu'il faudra
une réforme capitale, pour décider les assemblées à
rompre la tradition. Le travail par session est si
intimément lié à la vie parlementaire, qu'on ne
comprendrait pas en Angleterre une pratique différente. La caducité a survécu à tous les changements,
elle s'est maintenue malgré l'émancipation constante du Parlement, il est permis de croire qu'elle
se maintiendra longtemps encore. Or ce respect de
la coutume est ici trop exagéré « Dieu me préserve,
écrit Franqueville, de critiquer le respect que les
Anglais éprouvent pour la tradition. C'est un des
traits les plus louables de leur caractère, et je serais
le premier à regretter qu'on modifiât les vieilles
formes, quand elles sont inoffensives ou à peu près.
Mais lorsqu'elles ont des inconvénients trop sérieux,
sans présenter d'ailleurs aucun avantage, le fait de
s'obstiner à les maintenir, prend un autre caractère,
c'est la routine » (1).

(1) De FRANQUEVILLE : Op. précit.

Les principales tentatives, ayant pour but de l'abolir, ont été faites en 1861, en 1882 et 1883. Nous passerons très rapidement sur ces points historiques, dont les détails se trouvent rapportés dans de nombreux ouvrages (1).

En 1861, la Chambre des Communes fut saisie d'une proposition tendant à décider que les bills adoptés par l'une des deux Chambres, pendant une session, pourraient être repris à la session suivante au point où ils se trouvaient. Le projet fut rejeté par suite de graves et nombreuses objections et notamment, avec cette raison que la reconnaissance de ce pouvoir suspentif porterait atteinte à la prérogative de la Couronne (2). Nous avons parlé de la tentative, faite aux mêmes fins le 21 février 1882 par M. Clarke : elle n'eut pas plus de succès que la précédente.

De même, une dernière fois, en 1883, lord Balfour introduisit à la Chambre des Lords une motion tendant à ce qu'une loi permit à chacune des deux Chambres de poursuivre, dans la session suivante, l'examen du bill qu'elles avaient entamé pendant la session en cours, sur le renvoi de l'autre Chambre. Mais sur les observations qui lui furent présentées, qu'une telle disposition serait

(1) FISCHEL : *La Constitution d'Angleterre* ; DE FRAN-QUEVILLE : *Le gouvernement et le Parlement britanniques* ; ESMEIN : Op. précit.
(2) DE FRANQUEVILLE : Op. précit., tome III, p. 431.

contraire aux droits de la Couronne, il la retira (1).
La question faillit se présenter en 1893 au sujet du
projet de loi sur le Conseil des Paroisses dont on redoutait la caducité, mais aucune solution n'intervint.

Aussi bien l'atteinte à la prérogative royale, telle
a toujours été la grande objection faite aux propositions que nous venons d'énumérer. Abstraction faite
de l'autorité de la coutume, l'argument ne nous paraît
pas décisif, si l'on s'en rapporte aux purs principes du
régime parlementaire. La prérogative royale consiste
dans le droit de clore le Parlement à tel ou tel moment ; c'est pour la Couronne le moyen de se débarrasser des entraves que font toujours naître les
séances et les discussions ; mais de là à conclure que
cette prérogative doive forcément annuler le travail en cours, il y a loin. D'autant que la règle n'a
pour origine qu'une coutume absolument indépendante de toute prérogative royale : le Parlement,
avons-nous dit, était réélu à chaque convocation, et
la clôture de la session marquait alors la fin de la
législature. Dès lors, il était logique que les travaux
d'une Chambre disparue, disparussent eux-mêmes
avec elle. Mais cette caducité était une conséquence
de la dissolution, elle n'était pas un droit distinct de
la Couronne. On ne comprend donc pas que l'on
ait maintenu à l'ordonnance qui clot la session, les

---

(1) *Ann. de législ. étrang.*, 1884, p. 19.

effets de celle qui prononçait la dissolution. Car si la dissolution est la mort d'une Assemblée, la clôture de la session n'est qu'une interruption de travail : ce sont deux termes qu'il ne faut pas confondre.

Enfin on peut même ajouter qu'une telle ingérence du pouvoir exécutif dans l'élaboration du travail parlementaire, constitue véritablement un abus, or un abus ne peut jamais servir de base à un droit.

Qu'on maintienne au cas de dissolution les effets de la caducité, celle-ci aura une raison d'être ; au contraire, il est incompréhensible que des assemblées qui n'ont pas achevé leur mandat, qui comprennent les mêmes membres, voient leurs travaux annulés successivement de semestre en semestre, en vertu d'une simple ordonnance royale. La réforme s'impose d'autant plus en Angleterre que le droit d'ajournement n'existe pas pour la Couronne, que celle-ci n'a d'autre ressource que la clôture. Or si la clôture a quelquefois des causes politiques, elle n'est prononcée le plus souvent qu'en vertu de l'habitude, après la sanction de l'*appropriation bill* ou à l'approche des vacances : en quoi la prérogative royale serait-elle amoindrie, si l'on supprimait l'effet de péremption ? En outre, aucun texte ne permet au Roi de revendiquer un tel privilège, on ne comprend donc pas que l'objection ait été soulevée (1).

(1) De Franqueville : Tome III, p. 431.

On ne peut pas se fonder non plus sur les *sessional orders* pour rompre toute corrélation entre les sessions, car en dehors des règles qui n'ont d'effet que pour la durée d'une session, il y a des règles permanentes, survivant de Parlement en Parlement, ce sont les *Standing orders*.

Il y aurait donc là un motif de plus pour supprimer l'effet de péremption attaché à l'ordonnance de clôture.

Mais la rigueur du principe a été tempérée par deux exceptions; il est vrai que ces exceptions ne sont pas de nature à porter préjudice à l'effet politique de la clôture de la session. Elles concernent les bills privés et les mises en accusation prononcées par la Chambre des Communes.

Les bills privés se distinguent des bills publics. en ce qu'ils ont trait à des intérêts locaux ou individuels; ils sont introduits dans les Chambres par des étrangers et débutent par une pétition. Ce sont des revendications de droit ou des demandes d'autorisation; en principe la procédure est la même pour les bills privés que pour les bills publics, cependant elle affecte pour les premiers un certain caractère judiciaire (1). Quoi qu'il en soit, les intérêts politiques ne sont généralement pas en jeu lorsqu'il s'agit

(1) La procédure des bills privés est réglée au moyen de *Standing orders*. (*Cf*. Moreau et Delpech : *Règlements*. p. 136 et s. 292 et s.)

de bills privés, d'autre part, les droits individuels seraient constamment lésés par le fait de la clôture des
sessions et de l'obligation où l'on serait de répéter
sans profit de fastidieuses formalités. Ces considérations ont conduit à décider qu'en matière de bills
privés, la clôture de la session pourrait n'avoir qu'un
effet suspensif et non interruptif, que ces bills pourraient, en conséquence, être repris de session en
session, au point où ils auront été laissés. Cette pratique a subi une évolution lente, mais, depuis 1871,
elle paraît s'être définitivement introduite dans les
usages parlementaires. « Cette différence de procédure en faveur des bills privés, dit M. Miceli, est
due certainement à leur caractère spécial. Etant
plus éloignés de la politique et se rapportant à des
intérêts plus tangibles, l'absurdité du principe
apparaît plus clairement, les inconvénients s'en
ressentent davantage et il y a ainsi moins de raisons
de le défendre (1). »

Le second échec au principe de la caducité concerne la procédure de *l'impeachement*. *L'impeachement* est la mise en accusation par les communes à
la barre de la Chambre des Lords. C'est un acte
judiciaire dont les formalités sont nombreuses et
longues, vu leur importance, or c'eut été rendre
l'exercice de ce pouvoir impossible que d'en limiter

_____

(1) MICELI : Op. précit., p. 168.

les effets à la durée d'une session. C'eut été énerver
la répression des crimes contre la sûreté de l'Etat ;
d'ailleurs un ministre mis en accusation aurait pu
retarder indéfiniment sa comparution, en faisant
prononcer des clôtures successives. Enfin toute
action judiciaire demande une solution rapide.
Autant de raisons qui ont déterminé le Parlement,
après de nombreuses fluctuations, à soustraire
l'impeachement aux effets de la prorogation. La
réforme s'est opérée d'ailleurs par degré : on a
d'abord admis que l'instance devant les Lords ne
pourrait être interrompue, et plus tard, lors des
procès de Warren Hastings et de lord Melville, deux
acts décidèrent que la prorogation n'attendrait pas
l'instance d'accusation devant les Communes (1).

Hors ces deux cas, la clôture de la session produit toujours ses effets ordinaires. Nous verrons en
étudiant le régime des autres pays, qu'une évolution
de plus en plus rapide, tend à faire de la caducité par
clôture de session un monopole de l'Angleterre.

II

La règle anglaise s'est transportée en Italie et elle
n'y a reçu en principe aucun tempérament. Il est
vrai que le Statut de 1848 dans son article 56, que

---

(1) Stat. 26 GEORGES III c. 96 ; 45 GEORGES c. 125 ; DE
FRANQUEVILLE : Tome II, p. 232.

les règlements du Sénat (art. 32 et 98) et de la
Chambre des députés (art. 2, 13, 125) semblent
rendre obligatoire le travail par session. Cependant
on a peut-être exagéré dans la péninsule, la portée
de certains articles, car en dépit des textes que nous
venons de citer, il ne serait pas impossible d'en
découvrir d'autres, desquels il résulterait que toute
porte de communication n'est pas fermée entre les
différentes sessions d'une même législature. Il y a,
par exemple, l'article 16 du règlement de la Chambre qui établit la permanence du pouvoir des ques-
teurs; d'autre part certains usages relatifs aux commissions d'enquête seraient également une preuve
de cet enchaînement des sessions. Quoi qu'il en soit,
la caducité des travaux législatifs par le fait de la
clôture de la session demeure toujours, et ses conséquences sont absolues.

Or, la survivance, dans une monarchie moderne,
d'un usage tombé partout en désuétude est faite
pour surprendre. Et si l'on recherche dans les origines constitutionnelles de l'Italie, quels peuvent être
les précédents historiques de cette règle, on est forcé
de reconnaître qu'il n'y en a pas. Dès lors, comme sa
seule raison d'exister dans l'unique pays où on
la trouve encore, a son fondement dans la coutume, on se demande quelles peuvent être les
raisons qui l'ont maintenue en Italie. Faut-il les
voir dans le fait que la Constitution de 1848 a été

octroyée, et qu'ainsi, œuvre unilatérale du pouvoir exécutif, celui-ci en a donné l'interprétation la plus favorable à sa prépondérance ? Doit-on dire que l'Italie a copié servilement les institutions de l'Angleterre, qu'elle a tenu à faire passer chez elle, dans leur intégrité les principes et les coutumes britanniques ? Faut-il enfin les trouver dans le dédain qui s'est toujours manifesté à Monte-Citorio pour les questions de pratique parlementaire, alors que l'étude de la doctrine y a atteint un si haut degré de perfection ? Poser la question n'est pas la résoudre, néanmoins nous renonçons à donner l'explication d'une telle anomalie. Quant aux motifs d'ordre juridique, nous en avons montré l'inanité, il ne reste donc que les raisons politiques, les raisons déroulant de l'influence gouvernementale.

Or en Italie plus que partout ailleurs, les inconvénients politiques de la caducité des lois sont particulièrement frappants. En effet, le seul avantage de cette pratique serait d'activer le travail parlementaire, d'éviter par la crainte d'une clôture toujours possible, des débats fastidieux et inutiles, de nature à retarder indéfiniment le vote d'une loi urgente. de concentrer l'attention de la Chambre sur des questions qui seraient négligées et ajournées si l'on ne redoutait la caducité ; mais, comme on l'a très bien dit, une telle activité ne portera des fruits, que s'il y a dans le Parlement « une majorité bien disciplinée, conduite par un gouvernement actif et précis (1) ». Or c'est malheureusement tout le contraire qui se produit en Italie : il y a rarement eu au sein du Parlement des partis nettement définis, tout au moins des partis assez fort pour constituer une majorité. Chaque député agit en travailleur isolé ; sans doute, l'on rencontre une cohésion certaine, lorsqu'il s'agit de défendre le principe de la monarchie constitutionnelle, mais cette cohésion se désagrège et se dissout dès que les questions de détail apparaissent. On a vu, du reste, dans cette indécision la cause des dissolutions nombreuses que le gouvernement a dû prononcer : en effet celui-ci s'est trouvé souvent dans l'impossibilité de constituer un ministère.

On comprend, dès lors, que l'entrave apportée à l'œuvre législative par l'effet de péremption de la clôture, soit d'autant plus grand. Un ministère sans cesse sur la brèche, obligé de louvoyer à travers les partis, une majorité chancelante sans programme arrêté, ne peuvent pas évidemment produire rapidement des œuvres efficaces et durables. Alors les séances se passent en discussions oiseuses, en interpellations, en questions, et la clôture arrive anéantissant l'échafaudage péniblement édifié. Pour éviter ce résultat le ministère allonge indéfiniment

(1) MATTER : *Diss. des Ass. parl.*, 1898, p. 35.

la session, ce qui engendre la lassitude ; le projet traîne en longueur et c'est fort heureux quand on peut arriver jusqu'au vote définitif. Souvent en effet la majorité a évolué, et le gouvernement craignant un vote hostile, ne trouve que dans l'ordonnance de clôture le moyen de conserver sa vie. On ne saurait donc insister trop longuement sur les vices du système italien ; vices incomparablement plus profonds qu'en Angleterre où une longue pratique du régime parlementaire remédie en bien des cas à l'intangibilité de certaines règles. « Pourquoi, dit M. Miceli, rendre nos assemblées modernes, si artificielles déjà par elles-mêmes, plus artificielles encore, avec cette vie intermittente, contraire à la nature et à toute forme organique d'évolution (1) ».

Il faut cependant rendre hommage aux efforts qu'ont tenté les législateurs de Monte-Citorio, en vue de se débarrasser d'un usage aussi fâcheux. Mais le respect de la doctrine l'a toujours emporté sur les considérations d'utilité pratique, de sorte que jusqu'ici, leurs tentatives se sont brisées contre des arguments juridiques qu'on supposait inéluctables.

Notons, tout d'abord, qu'une différence très sensible tend à s'établir à ce point de vue entre le Sénat et la Chambre. Le Sénat, nommé à vie par le

(1) MICELI : Op. cit., p. 120.

Roi et par conséquent permanent, a considéré, à plusieurs reprises, comme ne devant pas s'appliquer à ses travaux, les règles suivies pour la Chambre, corps périodique. C'est ainsi que le 27 novembre 1874, le Sénat reprit l'étude du Code pénal au point où elle avait été laissée dans la session précédente, et que le 26 novembre 1882, il reprit de la même manière l'étude du règlement intérieur. Il ne faut pas cependant s'exagérer l'importance de ces décisions, ni croire à leur répercussion possible au sein de la Chambre. En Italie, le Sénat joue un rôle des plus secondaires, toute l'attention du pays est concentrée sur les débats de la Chambre populaire, aussi les résolutions de la Haute-Assemblée sont-elles presque toujours ignorées du public, tant qu'elles n'ont pas reçu l'adhésion des représentants directs de la nation. Aussi le gouvernement attache-t-il peu d'importance aux délibérations sénatoriales.

En ce qui concerne la Chambre, la règle est au contraire scrupuleusement observée, et toutes les propositions déposées en vue de l'abolir n'ont pas encore reçu de sanction. Déjà, en novembre 1850 M. Pallieri, député, avait pris l'initiative d'une réforme, mais sur l'opposition du ministre de l'intérieur, M. Galvagno, la Chambre en repoussa le principe. Le 2 décembre 1863, la question revint, mais elle échoua de nouveau à la suite des objec-

tions soulevées par Crispi. Celui-ci déclara que
toute résolution qui aurait pour but de décider la
reprise des projets de loi, à l'état où ils se trouvent à
la fin des sessions, serait contraire à l'article 55 de
la Constitution. L'article 55 règle en effet toutes les
étapes que doit parcourir un projet de loi (1), et on
ne pouvait, disait-il, y déroger qu'en révisant la
Constitution. Bien que la Chambre italienne ait
approuvé cette manière de voir, l'argumentation de
Crispi nous parait spécieuse : l'article 55 qui prescrit
la méthode selon laquelle doit être votée la loi,
n'ordonne pas que toutes les formalités soient ren-
fermées dans les limites de la session. C'est là une
interprétation que rien ne justifie. Le professeur
Miceli, rapportant cette discussion (2), ajoute qu'on
ne peut pas non plus invoquer l'article 56 en faveur
de la thèse de Crispi : cet article défend de représenter dans le cours de la même session une proposition rejetée, ce serait lui donner une portée qu'il
n'a pas, que d'y voir la preuve d'une absence de
corrélation juridique entre les sessions. D'ailleurs

---

(1) Art. 55. Const. de 1848. — Toute proposition de loi
doit être examinée en premier lieu par les commissions
(*giunte*) qui seront nommées dans chaque Chambre pour
les travaux préparatoires. La proposition discutée et appuyée
par une Chambre, sera transmise à l'autre pour y être discutée et approuvée, puis elle sera présentée à la sanction du
Roi. Les discussions se feront article par article.

(2) Miceli : Op. précit., p. 174.

cette règle existe dans un grand nombre de lois constitutionnelles, et jamais à notre connaissance, elle n'a été un obstacle à la suppression d'une procédure aussi fâcheuse que mal fondée.

Cependant, l'on constate de plus en plus, à certains symptômes caractéristiques, une évolution vers le rejet de cette pratique. Plusieurs fois déjà la Chambre a repris des projets à l'état de rapport ; en matière de commissions d'enquête, on s'accorde presque à reconnaître aux membres qui les composent un pouvoir permanent, indépendant du décret de clôture ; enfin on commence à voir une différence entre les projets gouvernementaux et les propositions d'initiative parlementaire, et à se demander si ces dernières doivent subir la caducité, par le simple effet d'un acte de l'exécutif. Toutes choses dans lesquelles les jurisconsultes voient des signes avant-coureurs d'une réforme imminente. Comme eux nous formulons l'espoir que l'Italie abandonnera bientôt un usage suranné et n'entravera pas, par respect pour une procédure universellement condamnée, le merveilleux essor et le développement incomparable qui en ont fait, au cours du dernier siècle, une des premières nations du monde civilisé.

III

La clôture de la session produit sur les travaux du Reichstag allemand des effets analogues à ceux qu'elle produit en Angleterre et en Italie. L'article 70 du règlement de cette assemblée dispose en effet que « les projets de loi, propositions et pétitions sont tenus pour caducs à l'expiration de la session dans laquelle ils ont été déposés, mais non adoptés ». Ce texte ne laisse subsister aucun doute en ce qui concerne les travaux inachevés : ceux-ci disparaissent de plein droit. Mais qu'advient-il des projets et propositions qui ont été solutionnés par un vote : doivent-ils, pour échapper à la caducité, être transformés en loi avant l'expiration de la session, ou le Bundesrath peut-il les approuver même après la clôture et la dissolution ? La question s'est posée, en 1904, à propos de l'abrogation de la loi contre les Jésuites. Le Reichstag avait voté cette abrogation dans sa session de 1899, or le Bundesrath ne la ratifia qu'au mois de mars 1904. Malgré cela le gouvernement crut pouvoir la promulguer comme loi de l'Empire. Tout de suite une vive opposition se manifesta par laquelle on contesta la valeur constitutionnelle de la promulgation. On déclara que, plusieurs sessions ayant été closes depuis le vote de 1899, celui-ci était devenu caduc, qu'en tout cas des élections générales ayant eu lieu entre le vote du Reichstag et celui du Bundesrath, le gouvernement avait transformé en loi, une décision qui n'émanait pas des représentants actuels et directs de la nation. Enfin, ajoutait-on, admettre la perpétuelle validité

des votes unilatéraux du Reichstag, c'était permettre
au gouvernement de collectionner ces votes afin de
les transformer en loi quand bon lui semblerait.

Les défenseurs du gouvernement objectèrent
qu'en ce qui concerne la clôture de la session,
celle-ci ne frappe de caducité que les travaux laissés
inachevés à la fin de la session. Quant aux votes
définitifs, ils survivent non seulement à la session,
mais encore à la législature, et ils ne sauraient être
frappés de stérilité pas plus par un décret de clôture
ou de dissolution, que par l'expiration des pouvoirs
de l'Assemblée. Sans doute, il serait contraire à la
bonne foi de transformer en loi un ancien vote du
Reichstag, alors que l'opinion de ce dernier pourrait avoir changé, mais encore dans un pareil cas, les
représentants auraient un moyen bien simple
d'empêcher la promulgation, ce serait de revenir sur
leur ancien vote. Donc tant que cette révision n'a
pas eu lieu, le premier vote est censé être en confor-
mité d'opinion avec le Reichstag actuel.

Cette théorie a prévalu en ce sens que la manifestation hostile à la loi de 1904 resta purement
platonique et que cette dernière reçut sa pleine et
entière exécution. Il semble donc résulter de ce précédent que le décret de clôture ou de dissolution est
sans effet sur les votes du Reichstag, non encore
transformés en loi.

La question ne se pose pas pour le Bundesrath

qui est un corps permanent et qui d'ailleurs peut se réunir dans l'intervalle des sessions du Reichstag (1).

(1) Otto Mayer : *Rev. du droit public*, tome XXI, p. 864.

CHAPITRE III

Régimes où la clôture de la session n'entraîne pas la caducité des propositions de lois

Quand la clôture de la session n'entraîne pas la péremption totale des travaux parlementaires, ceux-ci deviennent néanmoins caducs, par le fait de la dissolution ou de l'expiration de la législature. C'est du moins la règle universellement suivie dans les états constitutionnels. Mais les différences d'application sont si nombreuses et si grandes, qu'en présence d'une telle complexité, il faut renoncer à dégager un ensemble de règles générales. Cependant comme toute étude doit se préoccuper d'être scientifique, nous essayerons de découvrir quels principes généraux peuvent servir de base à une pratique si commune et si importante à la fois.

Les travaux parlementaires inachevés peuvent,

nous l'avons dit, se présenter sous deux formes devant un Parlement renouvelé : ils peuvent n'avoir été l'objet d'aucune décision — il se peut d'autre part qu'une assemblée les ait consacrés par son vote. Que se passe-t-il dans chacun de ces cas ? De l'étude des principes qui ont été précédemment exposés, ainsi que de l'examen des usages parlementaires, on conclut à une réponse différente pour l'une et pour l'autre de ces situations.

1° Si les travaux demeurés en suspens au moment du renouvellement intégral n'ont été l'objet d'aucun vote, ils sont caducs de plein droit. Il ne peuvent être remis au jour que par voie d'initiative. En un mot, le Parlement lors de sa première réunion trouva table rase devant lui (1).

2° Si les travaux ont été l'objet d'un vote dans les deux assemblées ou dans l'une d'elles, mais qu'ils n'ont pas, au moment du renouvellement, acquis force de loi, alors la solution dépend exclusivement de la méthode en usage dans les différents pays.

Telles sont les deux règles que nous devons poser au début de cette étude. La première est universellement admise : on ne veut pas qu'une assemblée nouvelle trouve son ordre du jour encombré par des travaux qu'elle désapprouve peut-être : les

_____

(1) Ce principe subit une restriction, quand l'Assemblée a le caractère permanent (v. *infra*).

projets simplement discutés dans une assemblée
défunte meurent avec elle. Il en est autrement des
projets qui ont été adoptés, attendu qu'on peut
difficilement frapper de nullité un vote émis par un
pouvoir régulier. Toutefois la question est vivement controversée et a été diversement solutionnée
par les législateurs. Une étude comparée des usages
français et étrangers nous mettra à même d'apprécier la valeur de ces discussions.

I

La péremption des travaux parlementaires par
clôture de session se produisait en France sous la
Restauration. Cette pratique s'était introduite avec
la Charte de 1814 : elle était la conséquence presque
naturelle du mouvement annuel des élections, qui
amenaient à la Chambre, dans la proportion d'un
cinquième, de nouveaux membres, tout à fait étrangers aux délibérations de la session précédente (1).
Pour permettre à ces nouveaux élus de voter en
connaissance de cause, on avait pris l'habitude de
reprendre, dès le début, tous les projets demeurés en
suspens ; ainsi s'était établie d'elle-même la caducité
des lois par expiration de session. Il en fut ainsi
jusqu'en 1832.

(1) Rapport JAY à la Chambre des Députés. *Moniteur* du
30 décembre 1832.

Mais une modification fut introduite dans la Charte après la Révolution de 1830 : la Chambre ne fut plus soumise au renouvellement annuel, elle se renouvela intégralement tous les cinq ans.

Dès lors, les inconvénients du système ancien apparurent avec plus de netteté. On ne comprit pas la raison de cette survivance qui paralysait la tâche du Parlement. Sur l'initiative de M. Salverte, une commission de la Chambre des députés proposa une réforme et déposa, sous forme de loi, le projet suivant :

« *Article premier.* — Hors le cas de dissolution de la Chambre ou d'expiration des pouvoirs de ses membres, les travaux législatifs, commencés dans l'une des deux Chambres et interrompus par la clôture de la session, pourront à la session suivante être repris dans l'état où ils seront restés.

« *Article 2.*— Hors les deux cas prévus par le précédent article, les projets de loi qui auraient été adoptés par l'une des deux Chambres dans la session précédente, pourront être présentés par le gouvernement à l'autre Chambre et, en cas d'adoption, être promulgués comme loi de l'Etat » .

Le rapport fut présenté par M. Jay à la séance du 29 décembre 1832. Le rapporteur concluait énergiquement à l'adoption de cette mesure ; il se basait sur l'inutilité qu'il y avait de répéter sans profit les mêmes formalités, et sur ce que la proposition

n'avait rien de contraire à la prérogative royale.
« Pendant plusieurs sessions, dit-il, la Chambre des
pairs s'est occupée consciencieusement du code
militaire, réclamé depuis de longues années et qui
renferme 500 articles. Les travaux préliminaires,
les rapports, les délibérations publiques n'ont
jamais pu être terminés dans le cours d'une session ;
je vous demande si dans l'état actuel des choses, il
est possible d'assigner un terme aux fastidieuses
répétitions des mêmes formalités, et s'il convient,
par respect pour un usage aujourd'hui sans raison
suffisante, de priver le pays d'une partie si importante de sa législation. — Ce qu'on refuserait de
croire, si l'objection n'avait été sérieusement
énoncée, c'est qu'on accuse le projet de porter
atteinte à la prérogative royale. On suppose que le
gouvernement pourrait avoir quelque intérêt à prévenir le renouvellement de discussions provoquées
par un projet de loi, et que l'usage qui, à la fin d'une
session, anéantit tous les travaux commencés est le
plus simple pour atteindre ce but. Si un défaut
d'harmonie existait entre les deux pouvoirs, ce
n'est pas ainsi qu'elle se rétablirait. Que si l'esprit
de la majorité n'éprouvait aucun changement dans
l'intervalle d'une session à l'autre, elle ressuscite-
rait, par voie d'initiative et malgré le ministère, le
projet destiné à l'oubli et l'usage actuel n'empêche-
rait rien. Si, au contraire, cet esprit s'était modifié,

la latitude donné à la Chambre serait sans danger, car alors la majorité refuserait de reprendre des débats jugés inutiles ou nuisibles. On voit donc qu'il n'y a rien de solide dans l'objection, elle s'évanouit au moindre examen. Il ne reste que l'utilité incontestable du projet de loi (1) ».

La Chambre discuta la question dans la séance du 31 décembre 1832. Sur la proposition de M. Dumeilet, elle transforma, malgré l'opposition très vive de MM. Salverte et de Mosbourg, la proposition de loi en disposition réglementaire. Elle lui substitua le texte suivant qui devint l'article 53 de son règlement :

« *Article 53.* — Hors le cas de dissolution de la Chambre des députés, ou d'expiration du pouvoir de ses membres, les travaux législatifs, commencés et interrompus par la clôture de la session pourront à la session suivante être repris, dans l'état où ils sont restés.

« Cette faculté, applicable seulement aux projets sur lesquels un rapport aura été fait, sera exercée en vertu d'unè résolution de la Chambre, prise sur la demande d'un de ses membres » (2).

A partir de ce jour, la caducité des lois fut limitée au seul cas du renouvellement intégral.

(1) *Moniteur* 30 décembre 1832, p. 2243.
(2) *Moniteur* du 1er janvier 1833.

Cette dernière question, peu discutée sous l'Empire ou chaque dissolution amenait la chute complète des travaux du corps législatif, a subi sous la Constitution actuelle une longue évolution et a donné lieu à dispositions parfois très curieuses.

En ce qui concerne le Sénat, elle fut immédiatement tranchée. Lors du premier renouvellement triennal, en 1879, la Chambre songea un instant à contester la validité des votes émis par l'ancien Sénat sur lesquels elle n'avait pas encore statué. La discussion survint à l'occasion d'un projet relatif aux secours à accorder aux victimes du phylloxéra. Le Sénat avait voté le projet avant son renouvellement de janvier et s'était séparé avant d'en avoir saisi la Chambre. Le rapporteur du projet à la Chambre des députés, M. Paul Devès, fit remarquer « qu'on ne pouvait assimiler le renouvellement partiel au renouvellement intégral ; que le renouvellement partiel n'altérait pas la capacité législative du Sénat qui était un corps permanent (1) ». Sur la proposition du président, M. Jules Grévy, la Chambre ajourna la solution de la question jusqu'après la décision du Sénat. Celui-ci statua dans la séance du 24 janvier 1879 (2). Après un rapport très explicite

(1) Ch. des Dép., 23 janvier 1879. *J. Off.* du 24 janvier, p. 502.

(2) Sén., 24 janvier 1879. *J. Off.*, 25 janvier 1879, p. 535 et suiv.

de M. Bertauld, le Sénat substitua à l'article 23 de son règlement, une disposition nouvelle, destinée à constater sa permanence :

« En cas de vacances survenues au sein des commissions, par démissions, décès, non réélection ou autrement, il sera pourvu au remplacement des commissaires manquants par les bureaux de la formation à laquelle remonte leur nomination. Les sénateurs nouvellement élus feront partie du bureau auxquels appartenaient les sénateurs auxquels ils succèdent ». Le Sénat consacrait ainsi officiellement l'ininterruption de ses travaux et la perpétuelle efficacité de ses votes. La Chambre adhéra à cette manière de voir et, depuis lors, le Sénat fut considéré comme corps permanent (1).

Cette solution, juste évidemment, peut avoir en certains cas des conséquences fâcheuses : il peut arriver qu'un renouvellement partiel modifie profondément une commission ; celle-ci sera alors composée d'éléments hétérogènes dont l'accord s'établira peut-être difficilement. Toutefois, il n'y a là qu'un inconvénient secondaire, et une sage ordonnance du travail y pourvoira largement.

(1) *Gazette des Tribunaux*, 25 janvier 1879 : *La permanence du Sénat.*
Esmein : *El. de Dr. Const.*, p. 749 et s.
Pierre : V. dans le *Traité de Droit politique*, la lettre au Greffier en chef de la Chambre belge, du 17 décembre 1892,

En ce qui concerne la Chambre des Députés, les questions de caducité ont soulevé des difficultés beaucoup plus grandes. Que le Sénat après son renouvellement triennal reprenne ses travaux au point où il les avait laissés avant sa séparation, il n'y a là rien que de très normal, attendu que les deux tiers de ses membres n'ayant pas eu à subir de réélection, le caractère de l'assemblée ne s'est pas sensiblement modifié. Mais il en est autrement de la Chambre : si, en droit, une élection générale n'altère pas son essence, en fait, elle peut modifier sensiblement sa composition : ses commissions peuvent avoir été décimées, l'auteur ou les auteurs de certains projets de loi peuvent n'avoir pas été réélus, il importe donc qu'une assemblée nouvelle trouve devant elle le champ libre. Tout doit disparaître : projets, rapports et pétitions — sauf à la Chambre de décider si elle veut ou non en reprendre quelques-uns. Cette faculté de reprendre, au point où ils ont été laissés, les travaux de l'ancienne Chambre a fait récemment l'objet d'une disposition règlementaire. Sur l'initiative de M. Breton, la Chambre, dans sa séance du 16 juin 1903 (1), a, en effet, modifié ainsi qu'il suit l'article 18 de son règlement :

---

(1) *J. Off.*, du 17 juin 1903, p. 1996.

« Après le renouvellement intégral de la Chambre, les rapports sur le fond déposés par les commissions de la précédente législature peuvent être repris et renvoyés aux commissions nouvelles, soit sur l'initiative des commissions nouvelles, soit sur l'initiative des commissions elles-mêmes, soit sur l'initiative de 20 membres.

« Les demandes de renvoi sont déposées entre les mains du président qui les communique à la Chambre. Lorsque la demande émane d'une commission, le renvoi est de droit, dans le cas contraire la chambre statue par assis et levé, sans débat.

« Toute commission saisie d'un rapport émanant de la précédente législature peut décider qu'elle en accepte les conclusions sans amendement ; elle charge alors l'un de ses membres d'en soutenir la discussion devant la chambre, et l'inscription à l'ordre du jour a lieu dans les formes ordinaires sans autre procédure. Si la commission estime qu'il y a lieu de modifier un ou plusieurs articles, elle soumet à la chambre un rapport se limitant aux articles amendés » (1).

On ne peut qu'applaudir à cette innovation qui permet de faire revivre une partie du travail antérieur. On peut aussi regretter qu'elle ait tardé si

_____

(1) MOREAU et DELPECH : *Régl. des Ass. législ.*, tome II, France.

longtemps à se produire. En effet, en limitant à quatre années l'élaboration d'une loi et spécialement
d'une loi importante, l'on s'expose à en retarder
indéfiniment le vote. Il faut donner à celui qui la
prépare le temps de recueillir les renseignements
et les documents indispensables ; il est de toute
nécessité que la commission l'examine minutieu-
sement avant de présenter son rapport à la Chambre, or il arrivait que la législature prenait fin avant
que l'on ait pu arriver à s'entendre.

La modification de l'article 18 fait disparaître
tous ces inconvénients, c'est donc un progrès réel
qu'a fait sur ce point la jurisprudence parlementaire. Malheureusement, l'exemple de la France n'a
pas encore été suivi dans les Parlements étrangers.

Une question beaucoup plus délicate est celle du
sort fait aux propositions adoptées par la Chambre,
mais non ratifiées par le Sénat avant la fin de la
législature. La valeur des votes de la Chambre,
restés ainsi en suspens, a été longtemps contestée
et la jurisprudence parlementaire a beaucoup hésité
sur ce point.

La question se présenta pour la première fois
devant le Sénat, lors de la dissolution de 1877 ; le
président, M. d'Audiffret-Pasquier, fit observer que
selon une jurisprudence constante, les votes émis
par l'ancienne Chambre sur les propositions

d'initiative parlementaire disparaissaient avec elle ; quant aux projets de loi, le Sénat ne pouvait s'en déclarer dessaisi, attendu que c'est par décret qu'ils lui avaient été transmis (1). Le Sénat admit cette solution et la maintint, lorsque, quelques jours plus tard, dans la séance du 26 novembre 1877, elle fut vivement attaquée par M. Caillaud. (*V. supra*).

Ainsi la jurisprudence de 1877 était très nette : le Sénat considérait comme caducs tous les votes émis par l'ancienne Chambre sur les propositions de loi — il maintenait, au contraire, toute leur valeur aux votes émis sur les projets du gouvernement. Cette distinction se fondait sur le respect des droits de l'exécutif : un décret avait saisi le Sénat, seul un décret pouvait le dessaisir. Cette solution souleva immédiatement les critiques les plus vives, et lorsqu'après les élections de 1881, elle revint à la tribune de la Haute-Assemblée, M. le sénateur Bozérian, l'attaqua vigoureusement. « Lorsqu'on cherche, dit-il, la raison d'établir une distinction entre les projets et les propositions de loi, on la trouve difficilement ; d'où viendrait l'obligation de la distinction ? De ce que la chose qui est destinée à devenir une loi émane d'un membre du Parlement au lieu d'émaner du Gouvernement. En quoi donc et comment la différence dans cette initiative

(1) *J. Off.*, 27 nov. 1877, p. 7794.

pourrait-elle conduire à ce résultat ? Est-ce qu'en principe, l'initiative parlementaire n'est pas aussi respectable, aussi énergique, aussi efficace que l'initiative gouvernementale? Lorsque la Chambre des députés s'est appropriée la proposition de l'un de ses membres, qu'est-ce qui nous est transmis? Ce n'est plus l'œuvre individuelle de tel ou tel député, c'est l'œuvre collective de la Chambre. La proposition s'est transformée, elle est devenue une loi... (1) ». L'orateur ajoutait que si l'on considérait comme caducs tous les actes d'une Chambre disparue, il fallait frapper de cette caducité aussi bien les projets que les propositions. MM. Fresneau et Buffet combattirent cette argumentation et soutinrent la jurisprudence admise jusque-là par le Sénat. Celui-ci prit alors un moyen terme : il décida de maintenir à son ordre du jour les propositions transmises par la Chambre, lorsqu'elles avaient été l'objet d'un rapport de la part de la commission sénatoriale chargée de leur examen. Cette décision se fondait sur ce que de telles propositions étaient devenues la propriété du Sénat, et que dès lors la caducité qui atteignait les œuvres de la Chambre, ne pouvait rejaillir sur les œuvres du Sénat.

La jurisprudence de 1881 marquait donc un progrès sur celle de 1877 : elle ne considérait plus

(1) Sénat, 28 octobre 1881. — *J. Off.*, 29 octobre, p. 2.

comme caduques que les propositions d'initiative parlementaire votées par la Chambre, sur lesquelles les commissions du Sénat n'avaient pas encore statué.

En 1885, il n'y eut aucun changement (1).

En 1889, une vive discussion s'engagea entre MM. Thévenet, garde des Sceaux, et Delsol, à propos du vote des crédits budgétaires. Le ministre soutint que le Sénat devait se considérer comme valablement saisi de ces votes, même en l'absence d'un rapport : « Les conséquences du système contraire, dit-il, seraient en pratique déplorables, et si l'on frappait en effet de caducité les lois de finances qui auraient été votées par une Chambre à son déclin, on créerait pour cette Chambre une incapacité sur laquelle la loi constitutionnelle n'aurait pas manqué de s'expliquer. Elle ne l'a fait nulle part. Pendant ses dernières séances, il serait impossible à la Chambre de voter les moindres crédits supplémentaires, et il serait impossible par cela même au Gouvernement de parer aux nécessités, mêmes les plus urgentes, d'une bonne administration (2) ». M. Thévenet reprenait ainsi l'argument que nous avons déjà indiqué, à savoir que rien n'autorise

---

(1) Sénat, 10 novembre 1885. — *J. Off.*, 11 novembre 1885, p. 1169.

(2) Sénat, 18 novemb. 1889. — *J. Off.*, du 19 nov. 1889, p. 1057.

à priver d'effets les décisions d'un pouvoir régulier, sous prétexte que ce pouvoir s'est transformé. Le Sénat n'osa pas aller jusqu'au bout de cette thèse, néanmoins, il fit un pas de plus qu'en 1881 : sur la proposition de son président, M. le Royer, il considéra comme échappant à la caducité les propositions votées par une Chambre disparue, si elles avaient été, antérieurement, examinées et amendées par le Sénat.

Enfin, en 1894, M. Demôle déposa un projet de résolution aux termes duquel le Sénat assimilerait désormais complètement les propositions aux projets gouvernementaux (1). Les travaux de la commission, chargée d'examiner le projet, aboutirent au rapport de M. le sénateur Jules Godin, rapport qui constitue l'une des meilleures pages de jurisprudence et de doctrine qui ait été écrite sur la question (2). Le Sénat, dans sa séance du 10 décembre 1894, adopta, sans discussion, les conclusions de ses commissaires et introduisit dans l'article 127 de son règlement la modification suivante (3) :

Article unique. — Le paragraphe premier de l'article 127 du règlement est modifié ainsi qu'il suit :

« Les propositions de loi émanées de l'initiative

(1) Sénat, 12 juin 1894. — *J. Off.* du 13 juin, p. 521.
(2) Sénat, *Doc. parlem.*, 1894, p. 281.
(3) Sénat, 10 déc. 1894. — *J. Off.*, 11 déc. 94, p. 971.

parlementaire, votées par la Chambre des députés et transmises par le président de cette Chambre au président du Sénat, seront examinées conformément aux règles suivies pour les projets présentés par le Gouvernement, et le Sénat en demeure saisi, même après le renouvellement intégral de la Chambre des députés ».

Ce texte bien qu'explicite en apparence est cependant de nature à soulever deux difficultés. Que faut-il entendre par ces mots « transmises par le président de la chambre au président du Sénat ? » Faut-il exiger que la transmission ait lieu au Sénat, en séance publique, avant la séparation des assemblées, ou n'est-il pas indispensable que le Sénat ait officiellement connaissance de cette transmission ?

Il faut, croyons-nous, s'en rapporter à l'esprit qui a dicté la résolution sénatoriale, c'est-à-dire donner à cette dernière toute l'extension possible. En votant la proposition Demôle, la Haute-Assemblée a entendu anéantir purement et simplement les effets de la caducité ; son texte a une portée générale qui exclut de pareilles subtilités.

L'auteur de l'objection, M. Pierre lui-même, n'hésite pas à l'écarter (1).

Mais le texte de 1894 qui ne parle que du renouvellement intégral, s'applique-t-il également au cas

_____

(1) Pierre : *Traité de Droit politique*, supp. 1906, n° 80.

de dissolution ? Pour les mêmes raisons que précédemment, nous n'hésitons pas à adopter l'affirmation. Sans doute, dans un sens restreint, le terme renouvellement intégral ne s'applique qu'à l'expiration de la législature ; mais encore ici faut-il se demander si les législateurs ont voulu faire une telle distinction ? Or, la lecture du rapport Godin suffit pour se convaincre du contraire. D'ailleurs la distinction existerait-elle, que le texte, comme en 1832, n'aurait pas manqué de l'indiquer. Il faut donc prendre ici les mots « renouvellement intégral » comme embrassant à la fois le cas de dissolution et l'expiration de la législature.

Telles furent les quatre étapes que suivit au Sénat la grave question de la caducité des votes de la Chambre. Cette évolution se caractérise par la tendance, de plus en plus manifeste, d'abolir cette caducité. Le Sénat était poussé dans cette voie par cette considération, que les Chambres ayant été faites égales en droit par la Constitution, il n'appartenait pas à une simple disposition règlementaire de créer pour l'une d'elles un état d'infériorité. Toute les objections de fait et de droit tombent, en effet, devant l'examen des textes constitutionnels. Aucun d'entre eux ne permet d'établir une disparité entre les assemblées législatives. Dès lors, toutes les solutions admises par le Sénat jusqu'en 1894 étaient des innovations plutôt que des interprétations. Un seul argument subsiste, celui d'un changement possible dans la majorité de la chambre. Nous avons vu comment la Constitution permettait d'y répondre. (*Voir Supra*).

Mais, tandis que le Sénat n'opposait, à chaque renouvellement intégral, qu'une barrière de plus en plus franchissable aux votes de la Chambre défunte, les députés. de leur côté, ne restaient pas indifférents à cette question de jurisprudence parlementaire. C'était pour leurs délibérations un fait vital : de la solution adoptée dépendait, en effet, la stérilité ou la fécondité de leurs derniers travaux.

A la séance du 28 mars 1885, M. Rivière avait proposé, sous forme de loi, une disposition ainsi conçue :

« Nonobstant l'expiration du mandat de la Chambre des députés, le Sénat restera saisi des propositions de l'initiative parlementaire votées par elle et transmises par le président de cette Chambre au président du Sénat, comme il reste saisi des projets de loi de l'initiative gouvernementale. Néanmoins la nouvelle Chambre, durant sa première session, pourra voter des résolutions pour inviter M. le Président à les retirer » (1).

Cette proposition se basait principalement sur ce fait, que la jurisprudence du Sénat avait créé

(1) C. D., Séance, 28 mars 1885. *J. Off.*, 29 mars, p. 683.

entre les deux assemblées, au préjudice de la Chambre populaire, une inégalité inadmissible dans un pays républicain. C'était un motif exclusivement politique, mais qui n'était pas sans importance. « Ce n'est pas une prétention exagérée de la part des élus du suffrage universel, lit-on dans l'exposé des motifs, de réclamer en matière de lois ordinaires l'égalité du droit d'initiative parlementaire, qu'ils partagent avec le Sénat et le pouvoir exécutif cette égalité, conquête de la révolution de 1830, ayant été reconnue et proclamée par la Chambre des pairs de Louis-Philippe. La caducité dont ne seraient frappés ni les projets de loi dûs à l'initiative gouvernementale, ni les propositions de loi émanées du Sénat, constituerait une inégalité et une infériorité qui n'est ni dans la Constitution, ni dans les principes de la démocratie (1) ». Le rapport, fait au nom de la commission chargée d'examiner la proposition Rivière, reprit les arguments juridiques opposés jadis à M. Caillaud (2). Cependant un vif débat s'engagea sur la question, le 21 juin 1885. Sur la proposition de M. Henri Brisson, président du Conseil, la première partie fut adoptée sans contestation ; mais la seconde soulevait, d'après lui, un problème constitutionnel. Elle donnait, en effet,

(1) *Annexe* à la séance du 28 mars 1885, n° 3657.
(2) Ch. des Dép., 11 juin 1885, *J. Off.* du 12 juin, p. 1063.

à la Chambre un droit de retrait qu'aucun texte n'autorise ; d'ailleurs, comme le fit remarquer le ministre, elle n'avait pour but que d'obvier à un changement de majorité, or la prérogative présidentielle de solliciter une nouvelle délibération arrivait au même résultat. Le second paragraphe devenait donc inutile, aussi fut-il écarté par la Chambre. Le vote devait néanmoins se borner à une manifestation platonique, en effet les élections générales survinrent avant que le Sénat ait pu en être saisi.

Il fut frappé de caducité.

En 1893, MM. Letellier et Maujan ramenèrent l'attention de la Chambre sur la question. Ils déposèrent quelques temps avant la séparation du Parlement, un projet de loi ainsi conçu :

« *Articles 1 et 2* (relatifs à la suppression du travail parlementaire à l'expiration des législatures).

« *Art. 3.* — Lorsque la Chambre des députés arrive au terme légal de son mandat, le Sénat demeure saisi des projets de loi présentés par le gouvernement et des propositions dues à l'initiative parlementaires votées par la Chambre des députés, et transmis par le Président de cette assemblée au président du Sénat ».

Mais comme la Chambre n'avait plus que quelques jours de session, et qu'il était évident qu'une telle proposition ne pourrait être votée en temps utile par le Sénat, ses auteurs en changèrent le caractère et en firent un simple article de règlement que la Chambre vota sans discussion, dans sa séance du 22 juillet 1893 (1). Il était ainsi conçu :

« *Article unique*. — Les propositions de loi qui auront été définitivement adoptées par une législature, mais dont le Sénat se sera considéré comme dessaisi par suite du renouvellement intégral ou de la dissolution, seront de nouveau transmises au président du Sénat par le président de la Chambre, si la demande en est faite par quarante membres ».

En vertu de cette disposition, neuf propositions (2) furent transmises par le président de la Chambre au président du Sénat. Le Sénat ne crut pas devoir contester la régularité de cette transmission, mais comme elle était en opposition formelle avec les décisions prises par lui jusqu'alors, son président M. Challemel-Lacour, lui soumit la question (3). Ce fut alors que M. Demôle déposa le projet de résolution qui devait supprimer définitivement la caducité. La Commission sénatoriale présidée par M. le Royer en modifia légèrement les termes (4)

---

(1) *J. Off*. du 23 juillet 1883, p. 2304.
(2) Rapport Godin au Sénat, précit. p. 282, note 1.
(3) Sénat, 12 juin 1894, *J. Off*., 13 juin, p. 521.
(4) La proposition Demole était ainsi conçue : « Le Sénat demeure saisi régulièrement de toute proposition de loi qui lui est transmise par la Chambre des députés qui l'a votée ».

et le fit adopter par le Sénat dans les circonstances que nous avons rapportées (1).

Telle est la lente évolution qu'a subi en France le principe de la caducité. En faisant la critique des résolutions successivement adoptées par les deux

---

(1) La question de l'efficacité des votes d'une Chambre disparue a été soulevée récemment encore à propos des crédits budgétaires

Le 25 mars 1902, la Chambre votait le projet portant règlement définitif des comptes de 1898 et se séparait peu de jours après pour se présenter devant les électeurs. Or le Sénat, s'étant lui-même ajourné quelques jours avant la prorogation de la Chambre, il avait été impossible au gouvernement de soumettre le vote de la Chambre à la la sanction de la Haute-Assemblée. La question était nouvelle, car ainsi que l'indique M. Pierre, il ne s'agissait plus de coexistence quant au vote, mais de coexistence quant à la présentation. En d'autres termes, le Sénat pouvait-il transformer en loi, un projet dont il n'était saisi qu'après l'expiration des pouvoirs de la Chambre qui l'avait adopté. Le Gouvernement se demanda si, en réalité, il ne devait pas recommencer toute la procédure et considérer le vote de l'ancienne Chambre comme caduc ? La question vivement débattue fut résolue par la négative.

Dans une note demandée par le ministère des Finances au Secrétaire général de la Chambre, celui-ci fit observer que, d'une part, les précédents n'étaient pas en faveur de la caducité, que d'ailleurs la non-transmission au Sénat du texte voté par la Chambre n'était pas imputable au Gouvernement, qu'enfin la Chambre, en adoptant un projet qu'elle savait ne pouvoir être transmis au Sénat avant l'expiration de ses pouvoirs, n'avait pas eu l'intention de faire une œuvre vaine. Ces considérations déterminèrent le ministre des Finances à présenter le règlement des comptes de 1898 au Sénat, sans retour préalable devant la Chambre. Le Sénat ne formula aucune objection à la constitutionnalité de cette procédure, en tout conforme à l'esprit de la résolution de 1894. (PIERRE, *Traité de droit pol.*, Suppl. 1906, n° 79. — *J. Off.*, 20 juin 1902).

Chambres, nous ne pouvons qu'applaudir au résultat auquel elles ont abouti. Sans doute, il est facile de soutenir que les travaux d'une Chambre défunte doivent s'anéantir avec elle ; que les votes émis par une Assemblée dissoute doivent disparaitre, comme on dit en droit civil qu'une offre ne peut plus être faite quand son auteur est décédé. Encore ici faut-il se garder des comparaisons trop adéquates. On ne peut assimiler la dissolution d'un corps politique à la mort d'une personne physique : nous avons suffisamment insisté sur ce point pour qu'il nous paraisse utile d'y revenir. Mais si l'on admet une survivance juridique, pour quelques uns des actes accomplis antérieurement au renouvellement, on ne voit pas comment on peut la refuser aux autres. Aussi les solutions du Sénat de 1877, de 1881, et de 1889 étaient-elles contestables à plusieurs points de vue.

Au point de vue constitutionnel, la distinction qui s'était établie entre les projets et les propositions de lois, portait manifestement atteinte à l'article 3 de la loi du 25 février 1875, sur l'organisation des pouvoirs publics. De ce texte résulte, en effet, une entière parité entre l'initiative gouvernementale et l'initiative parlementaire ; aussi traiter les projets autrement que les propositions, c'était créer entre eux une différence que n'avait pas voulue la Constitution. L'on se basait, il est vrai, sur le droit de l'exécutif, mais en raisonnant ainsi l'on déplaçait la question : le renouvellement intégral fait ou ne fait pas disparaître les travaux d'une Chambre. Dans l'affirmative, en quoi un décret peut-il s'opposer à cette conséquence naturelle de l'application des principes parlementaires ? Quand la caducité est reconnue, elle ne l'est pas en vertu d'un règlement ; si un règlement existe à son sujet, il la constate, il ne l'institue pas. La caducité est un phénomène purement naturel, dont les consé-quences sont universellement identiques en dépit de toute contingence. Il faut se pénétrer de cette idée, que la caducité n'est pas l'œuvre du pouvoir législatif : celui-ci peut simplement décider qu'il ne s'y soumettra pas. Et le Sénat en refusant d'inscrire à son ordre du jour les propositions d'initiative parlementaire, faisait purement et simplement application de règles qu'il croyait naturelles et infaillibles. Dès lors, pourquoi ces principes ne s'appliquaient-ils pas à l'exécutif comme au légis-latif ? Le Sénat n'avait pas le droit de faire une telle distinction ; en la faisant il portait atteinte aux droits de l'initiative parlementaire, il faisait œuvre consti-tuante, il s'appropriait l'institution de la caducité. qui, en réalité, lui échappait complètement.

D'ailleurs comme le constatait M. Jules Godin. « si le gouvernement saisit les Chambres par décret c'est que le décret est la forme légale nécessaire des actes du gouvernement (1) ». Pourquoi donner à cet acte qui n'a d'autre valeur au point de vue qui nous occupe, que celle d'une forme de procédure, le pouvoir de faire revivre des actes, considérés comme caducs en d'autres cas ? En quoi la transmission faite par le président de la Chambre a t-elle moins de valeur que la transmission par décret (2) ? Aucun texte n'établit cette disparité.

Au point de vue des principes parlementaires eux-mêmes, la solution n'était pas plus heureuse : elle violait la règle de l'égalité des pouvoirs, en mettant l'un d'eux en état d'infériorité. Les solutions de 1881 et de 1889 étaient encore moins soutenables en ce sens qu'elles créaient, au profit du Sénat, une inégalité manifeste entre les deux assemblées. En quoi l'examen d'une commission sénatoriale ou un vote antérieur du Sénat étaient-ils de nature à donner aux décisions de la Chambre une vitalité nouvelle ? C'était admettre qu'en certains cas, le vote de la Chambre a une valeur relative, subordonnée à la validation du Sénat. Or cela est inadmissible. « Il faut qu'en dehors des actes mêmes du Sénat, le vote de la Chambre ait une valeur propre (3) ».

(1) Rapport GODIN, précit.
(2) Cf. en sens contraire, déclaration BATBIE au Sénat le 28 octobre 1881
(3) Rapport GODIN, précit.

D'ailleurs, admettre la caducité pour les votes de la Chambre, alors que ceux du Sénat y échappaient totalement, était contraire au texte et à l'esprit de l'article 1 de la loi du 25 février 1875, ainsi conçu : « Le pouvoir législatif s'exerce par deux assemblées : la Chambre des députés et le Sénat ». Cette disposition crée deux assemblées égales en droit et en pouvoir, seul un nouveau texte constitutionnel peut établir une différence entre elles. Pour toutes ces raisons, la jurisprudence sénatoriale devait être modifiée. Elle l'a été dans un sens qui donne pleine satisfaction aux principes rationnels et parlementaires.

Ainsi la pratique française est nettement déterminée : les travaux restés en suspens devant la Chambre disparaissent au moment de l'expiration de ses pouvoirs, de sorte que la Chambre nouvelle trouve devant elle table rase ; — tous les projets et propositions votés par l'ancienne Chambre subsistent comme s'il n'y avait pas eu de renouvellement. Quant au Sénat, la question de la caducité ne se pose jamais à son égard.

II

A l'étranger, sauf les exceptions déjà signalées, la clôture de la session ne produit en général aucun effet interruptif. La question a été presque universellement tranchée par la voie réglementaire. Les règlements sont d'ailleurs assez explicites à cet égard pour qu'il suffise de s'y rapporter, si l'on veut connaître les différentes méthodes en usage (1).

Le renouvellement intégral qu'il provienne d'une dissolution ou de l'expiration de la législature, produit partout un effet de péremption absolue. C'est, sous réserve des exceptions que nous signalerons, la règle générale qu'il faut poser au début de cette étude. A cela il convient d'ajouter que les assemblées qui ont comme le Sénat français le caractère permanent, ne subissent la caducité qu'autant qu'elles ont été dissoutes : le renouvellement partiel n'interrompt pas leurs travaux. Il en est de même, à plus forte raison, des corps qui sont uniquement composés de membres à vie, comme autrefois chez nous la Chambre des pairs. Ce privilège des Chambres permanentes tend à s'établir de plus en plus : l'Italie elle-même en a fait plusieurs fois l'application.

Nous nous bornerons à examiner celles des jurisprudences parlementaires qui nous paraîtront les plus importantes au point de vue de la politique et du droit ; quant à celles qui n'ont subi aucune évolution, qui n'ont donné lieu à aucun débat juridique, nous renvoyons purement et simplement à

(1) *Cf.* Moreau et Delpech : *Les règl. des Assemblées législ.*, 1905.

l'examen des textes constitutionnels et réglementaires.

Parmi les Etats qui ont entrepris et réalisé des réformes, la Belgique mérite une place spéciale, à cause de l'intérêt particulier que ses législateurs ont toujours porté aux questions constitutionnelles. Contrairement à ce que nous avons généralement remarqué, la question a été tranchée ici par voie législative. C'est la loi du 1er juillet 1893 qui a solutionné les nombreux débats dont le Parlement avait été le théâtre. Considérons tout d'abord qu'en Belgique, les deux Chambres se renouvelant partiellement ont le caractère d'Assemblées perpétuelles. Donc, en principe, il n'y a pas de caducité possible des travaux parlementaires. Mais elles peuvent être dissoutes. Cette dissolution peut intervenir de deux manières : 1° le Roi a le droit de les dissoudre toutes deux ou seulement l'une d'elles ; 2° elles sont dissoutes de plein droit, lorsqu'elles ont émis le vœu de réviser la Constitution. La question de caducité peut donc se poser. Comment a-t-elle été réglée? Il faut distinguer deux périodes : avant et après la loi de 1893.

Avant 1893, la question était vivement discutée, néanmoins la péremption totale était restée la conséquence logique et nécessaire de la dissolution. Lors de la dissolution révisionniste de mai 1892, cette tradition fut controversée. On y opposa une théorie non moins absolue, d'après laquelle, le travail législatif étant permanent, tous les projets devaient rester debout malgré la dissolution. Le gouvernement, partisan lui-même d'une réforme, n'accepta que pour partie cette théorie nouvelle et fit adopter la loi du 1er juillet 1893.

Cette loi distingue trois hypothèses :

1° Projets qui ont été adoptés par les deux Chambres, mais qui n'ont pas encore été sanctionnés par le Roi, lors de la dissolution, soit des deux Chambres, soit de l'une d'elles. Ces projets restent soumis à la sanction, nonobstant la dissolution ;

2° Projets qui n'ont été adoptés par aucune des deux Chambres avant la dissolution, soit des deux Chambres, soit de l'une d'elles. Ils sont considérés comme non avenus (art. 1 et 2) ;

3° Projets qui ont été adoptés par l'une des deux Chambres. Dans ce cas, si toutes les deux sont dissoutes, chacune des nouvelles Chambres est saisie sans nouveau renvoi des projets de loi que l'autre avait adoptés antérieureurement à la dissolution. Si une seule est dissoute, l'autre reste saisie des projets votés par elle, et la nouvelle Chambre reste également saisie des projets votés par la Chambre non dissoute.

Cette législation nouvelle a été adoptée après de longs débats entre M. Bernaert, président du Conseil, et la commission de la Chambre des représentants qui, par l'organe de son rapporteur, M. Nothomb, la combattait énergiquement. Le ministère avait un puissant intérêt, non seulement à faire adopter son projet, mais encore à lui voir conférer l'effet rétroactif. C'est qu'au lendemain de la dissolution de 1892, il avait fait sanctionner par le Roi et promulgué une loi de naturalisation. Si la tradition ancienne avait été maintenue, les Belges créés par cette loi, sanctionnée après une dissolution, auraient été exposés à des contestations d'état-civil, fort redoutables pour le ministère lui-même, auquel ils auraient en quelque droit de reprocher son imprévoyance. Enfin le texte fut voté. Il n'en reste pas moins que la caducité avait fait naître là une question fort délicate, dont les conséquences eussent pu devenir désastreuses. C'est un argument de plus à invoquer elle.

Le Congrès des Etats-Unis, échappant à l'autorité présidentielle, fixe lui-même la date de sa prorogation. Cependant une distinction très nette existe entre l'ajournement pur et simple et la clôture de la session ; cette distinction résulte de plusieurs dispositions constitutionnelles et réglementaires. L'on s'est alors demandé, puisque le Congrès est en quelque sorte un corps permanent dans lequel la session devrait se confondre avec la législature, quels pouvaient être les éléments constitutifs de la session.

Thomas Jefferson constate l'existence de plusieurs sessions *stricto-sensu* au sein de la même législature. « La Constitution, dit-il, autorise le président à convoquer dans les occasions extraordinaires les deux Chambres ou l'une d'elles ». Si la convocation est faite par proclamation du président, elle ouvrira une nouvelle session et il s'en suivra que la réunion précédente a été une session. De même si la réunion a lieu en exécution du paragraphe de la Constitution d'après lequel « le Congrès se réunira au moins une fois l'an le premier lundi de décembre », dans ce cas une nouvelle session s'ouvrira, car même si les Chambres s'étaient ajournées pour ce jour-là, l'acte d'ajournement disparaîtrait devant l'autorité plus haute de la Constitution. Or la réunion du Congrès a lieu d'après la Constitution et non par l'effet de l'ajournement. Nous avons ainsi déterminé les bornes délimitant la session. Dans d'autres cas, cette limite est fixée par un vote conjoint des deux Chambres qui autorise le président du Sénat et le Speaker à clore la session à un jour déterminé (1). (*V. Supra*).

L'ajournement est sans effet sur les travaux parlementaires. Quant à la clôture de la session, qu'elle

(1) Th. Jefferson : *Manuel de pratique parlementaire*, trad. J. Delpech et A. Marcaggi, *Ann. des Facultés d'Aix*, 1905, p. 147.

coïncide ou non avec le renouvellement intégral, elle n'a pas non plus pour effet d'anéantir les affaires inachevées, néanmoins les règlements ont cru devoir s'expliquer sur ce point. La règle XXVII du règlement de la Chambre des représentants dit : « Toutes les affaires pendantes devant les comités de la Chambre à la fin de la session, seront reprises au commencement de la session suivante du même Congrès, de la même manière que si aucun ajournement n'avait eu lieu ». Et le règlement du Sénat (art. XXXII). « A la deuxième session ou à toute session suivante du Congrès, les affaires législatives du Sénat qui avaient été laissées inachevées à la fin de la session immédiatement précédente de ce Congrès, seront reprises et continuées comme s'il n'y avait eu aucun ajournement du Sénat, et tous les documents envoyés aux comités et sur lesquels il n'aura pas été fait de rapport à la fin de la session du Congrès, seront retournés au secrétariat du Sénat et conservés jusqu'à la session suivante de ce Congrès, au cours de laquelle ils devront être renvoyés aux différents comités qui en avaient été antérieurement saisis ». Exception est faite à cette règle générale en ce qui concerne les nominations de fonctionnaires soumises à l'agrément du Sénat. La règle XXXVIII-6 décide, à cet égard, que les présentations qui ne seront ni agréées, ni rejetées pendant la session au cours de laquelle elles ont été

faites, ne seront plus examinées à une session postérieure, si elles ne sont de nouveau faites au Sénat
par le Président ; et si le Sénat s'ajourne ou prend un
congé de plus de trente jours, toutes les présentations pendantes et celles sur lesquelles il n'aura pas
été définitivement statué au moment de l'ajournement ou du congé, seront renvoyées par le secrétaire
au président et ne seront examinées que si elles
sont de nouveau faites au Sénat par le président ».
Cette disposition a évidemment pour but de sauvegarder l'indépendance du président dont l'opinion
peut avoir changé et qui peut vouloir substituer
d'autres présentations aux présentations anciennes.

Une seconde exception résulte de la règle
XXXVIII-2 sur les délibérations à propos des traités
diplomatiques. Si elles sont interrompues par
l'expiration de la législature « toutes les procédures
cessent d'exister avec le Congrès et seront reprises
à l'ouverture du Congrès suivant comme si aucune
procédure n'avait eu lieu ».

CHAPITRE IV

**De la règle qu'une proposition rejetée ne peut
plus être représentée dans le cours
de la même session.**

C'est un principe universellement admis, qu'une
décision, rendue par une branche de l'autorité
sur tel point déterminé et susceptible de réforma-
tion ultérieure, ne peut plus être provoquée sur le
même point avant l'expiration d'un certain délai.
Précisons cette constatation. Il s'agit ici de ces
résolutions, motivées la plupart du temps par des
raisons de fait, qui peuvent varier d'un instant à
l'autre ; or, il importe de ne pas entraver constamment la marche de l'administration en lui posant
perpétuellement la même question. Ainsi l'autorité
judiciaire a-t-elle repoussé une demande de réhabi-
litation ? Cette demande ne pourra être renouvelée

avant cinq ou dix ans, suivant les cas ; un jury de
concours a-t-il refusé l'admission d'un candidat,
celui-ci ne pourra se représenter avant la session
suivante ou un certain temps strictement déterminé.
Ces règles s'appliquent également aux Assemblées
politiques : quand une proposition a été rejetée,
elle ne peut être reprise qu'après un certain laps
de temps, ce délai est généralement égal à la durée
de la session. Ainsi, donc, si la session est close et
si une nouvelle session est immédiatement ouverte,
le décret de clôture rendra possible cette représentation que n'autoriserait pas le simple ajournement.
Il faut voir là un nouvel effet de la clôture de la
session.

Cet effet est très important et le principe qui
l'institue a trouvé place, non seulement dans de
nombreux règlements, mais encore dans plusieurs
lois constitutionnelles (Espagne, art. 44 ; Norvège,
art. 78 ; Japon, art. 39 ; Italie, art. 56; Prusse,
art. 64). L'influence du décret de clôture est, sur ce
point, d'autant plus considérable, que la loi constitutionnelle n'impartit pas de délai à la session
ordinaire ; en ce cas, en effet, si le pouvoir exécutif
a intérêt à voir reprendre la discussion du projet
rejeté, il n'a qu'à prononcer la clôture, et celle-ci ne
serait-elle que d'un jour, que le projet pourra
reparaitre. Ainsi, en 1830, le Parlement anglais fut
prorogé du 20 octobre au 6 décembre, dans le but

de représenter le troisième Bill de réforme
électorale (1). Cet obstacle mis à l'abus du droit
d'initiative, s'applique-t-il indifféremment aux projets gouvernementaux et aux propositions d'initiative parlementaire ? Nous répondrons par une
distinction. Si la règle a été posée par la loi constitutionnelle elle-même, il n'y a pas de difficulté : les
deux pouvoirs y sont assujettis ; si, comme en
France par exemple, elle se réduit à une disposition
réglementaire, on est conduit à décider que seule
l'initiative parlementaire y doit être soumise. La
question a été vivement discutée, mais avec la
majorité des auteurs (2), on est forcé de reconnaître
qu'il n'appartient pas au règlement, œuvre unilatérale du Parlement, de limiter l'exercice d'un droit
que le pouvoir exécutif tient de la Constitution.
Cette solution est d'ailleurs sans danger, attendu
que la mise en jeu de la responsabilité ministérielle
garantit suffisamment les Chambres contre tout
excès de la part du gouvernement. Ces observations
préliminaires faites, recherchons les causes de ce
principe général.

Pour que le travail d'une assemblée législative
puisse s'élaborer avec soin et que le pays puisse en

(1) DE FRANQUEVILLE, t. I, p. 379.
(2) PIERRE : *Tr. de Dr. pol.*, p. 69.
DUGUIT : *Dr. Const.*, 1907, p. 874.

recueillir les fruits, il importe avant tout de suivre une méthode régulière, d'éviter l'encombrement, de rendre aussi rares que possible les discussions parlementaires. Or, quelle serait la situation d'un Parlement dans lequel la minorité s'obstinerait à faire revivre incessamment les mêmes discussions sur les mêmes objets, à représenter un projet aussitôt après le vote qui le rejette : ce serait l'obstruction et l'entrave érigées en système. La perte de temps serait incalculable et la dissolution viendrait infailliblement mettre un terme à des séances inutiles et parfois scandaleuses. Il importe donc que la partie vaincue soit mise dans la nécessité d'accepter son échec : le meilleur moyen consistera à lui interdire toute nouvelle tentative avant un certain délai. C'est ainsi que la plupart des Constitutions ont tenu à édicter elle-même ce principe qui se rapporte essentiellement à la pratique du régime parlementaire. On s'est plaint souvent — à tort d'ailleurs — de la lenteur de ce régime : ce serait donner raison à ceux qui le critiquent que d'asservir la majorité à une minorité récalcitrante.

Ce délai, avant lequel un projet rejeté ne peut plus être représenté, est, en principe, avons-nous dit, celui de la session : à part quelques rares exceptions, c'est, en effet, la solution qu'ont adopté la presque unanimité des Etats constitutionnels.

C'est, d'ailleurs, la seule qui nous intéresse, aussi dans notre étude ferons-nous abstraction des solutions divergentes.

Il est de toute nécessité qu'un laps de temps assez long s'écoule entre le rejet d'une proposition et sa représentation. Mais est-il prudent d'assigner à ce délai les limites de la session ? La chose nous paraît contestable pour plusieurs raisons. Au point de vue juridique tout d'abord, c'est mettre pour partie l'initiative parlementaire à la discrétion du pouvoir exécutif. Celui-ci n'aura qu'à substituer l'ajournement à la clôture et le projet qu'il craint de voir reparaître ne reparaîtra pas. Or, parmi les propositions rejetées, s'il s'en trouve souvent d'inopportunes, il peut s'en rencontrer quelquefois d'excellentes qu'il serait bon de représenter. Le gouvernement a pu entraîner sa majorité pour les faire échouer ; il a pu n'obéir qu'à des considérations politiques en contradiction avec l'intérêt général ; il serait bon, en ce cas, de ne pas mettre en son pouvoir la résurrection ou l'enterrement de ces propositions. En pratique, les inconvénients sont plus graves encore et tiennent à la longueur des sessions dans certains pays.

Quand la clôture est indéfiniment retardée, la session prend des proportions démesurées : ainsi, la quinzième législature du Parlement italien qui dura trois ans n'eut qu'une seule session ; en novembre 1899, la session nouvelle du Parlement belge s'ouvrit sans que l'ancienne eut été close : les deux sessions se confondirent en une seule qui dura plus de dix-huit mois ; certains pays ne prescrivent pas de session annuelle, de sorte que le Parlement, comme en Bavière (art. 22), en Saxe (loi du 3 décembre 1868), dans le Grand-Duché de Bade (art. 46), dans la Louisiane et la Colombie, ne se réunit que tous les deux ans, ou tous les trois ans, comme dans le Wurtemberg et la Finlande. Enfin, dans quelques Etats, la session ordinaire doit avoir un minimum de durée. Dans tous ces cas, une proposition rejetée risque de ne pouvoir jamais reparaître. Or, si parmi les mesures écartées par les Chambres, il s'en trouve de nuisibles, inadmissibles à toute époque, il peut arriver qu'une erreur, due à un entraînement irréfléchi, en fasse repousser d'utiles et de nécessaires ; l'expérience a montré qu'il fallait se défier des résolutions trop promptes des Assemblées : celles-ci peuvent céder à un moment d'exaltation ; certains votes peuvent avoir été déterminés par des rivalités parlementaires. Enfin, des considérations politiques regrettables influent fréquemment sur l'œuvre législative. A tous ces points de vue, on ne peut que blâmer l'usage qui remet à une époque indéterminée la représentation de ces propositions urgentes. Le délai d'un an est également trop long ; en effet, la

vie politique est essentiellement variable, telle
mesure, jugée inopportune aujourd'hui, paraîtra
indispensable demain. Il faut tenir compte de ces
fluctuations.

Donc, tout en adoptant le principe qui défend la
représentation immédiate d'un projet rejeté, nous
repoussons l'application qui en a été faite. La
clôture de la session est incontestablement un droit
de l'exécutif, mais ce droit ne doit pas porter
atteinte à ceux du législatif.

La solution qui nous paraît la meilleure a été
indiquée par Bentham (1) : elle consiste à rendre la
représentation d'une proposition indépendante de
la session. On fixera un délai de trois mois, par
exemple, pendant lequel, à partir du jour du rejet,
la minorité ne pourra reproposer sa mesure. La
théorie de Bentham a passé dans le règlement des
Assemblées françaises : d'après l'article 70 du
règlement du Sénat et l'article 38 du règlement de
la Chambre, une proposition rejetée ne peut être
représentée avant trois mois, si elle a été prise en
considération, et pas avant six, si elle n'a pas été
prise en considération. Ces dispositions assurent le
respect du droit d'initiative, mais elles ne lient pas

---

(1) Jérémie BENTHAM : *Tactique des Assemblées législatives.* V. MICELI : Op. précit., p. 154.

le gouvernement : la Constitution de 1875 est, en effet, muette sur ce point.

L'Angleterre a essayé de corriger les effets de la règle qui défend la représentation, dans la même session du Parlement, d'un projet rejeté par les Communes ou par les Lords. Le principe est intangible ; il est issu de la coutume et c'est de cette coutume que se sont inspirées toutes les législations qui l'ont admis. Mais les modifications qu'on lui a fait subir sont tellement profondes, que les inconvénients signalés plus haut ont entièrement disparus de la pratique anglaise. On a admis que deux propositions sur le même objet pourraient être présentées dans le cours d'une même session, à condition d'en varier les termes ; ainsi, pendant la session de 1845, cinq motions furent présentées sur le droit du Secrétaire d'Etat d'ouvrir les lettres particulières. A l'aide d'une fiction, on élude également le principe : un bill doit passer, avant d'être soumis à la sanction, par différentes phases qui constituent comme les stades de son évolution ; or, on considère que dans chaque stade, le bill constitue une question distincte, pouvant être amendée et modifiée, alors même que ces amendements ou ces rectifications auraient été repoussés dans le stade précédent. Enfin, une loi récente (1) a supprimé presque complètement la

_____

(1) Art. 13 et 14, Vict. 21.

règle, en décidant que tout acte pourrait être altéré, amendé, révoqué par la même session du Parlement, nonobstant telle loi ou usage contraire.

Les législateurs italiens cherchent, eux aussi, à s'affranchir de plus en plus de la règle énoncée par l'article 56 de leur Constitution. « On accentue, nous écrit M. le professeur Miceli, la tendance à interpréter d'une manière large la disposition un peu trop rigide de notre Constitution, disposition par laquelle un projet de loi rejeté ne peut plus être représenté dans le cours de la même session. En effet, on a représenté dernièrement quelques projets avec de légères modifications. Cette petite innovation dans notre droit parlementaire s'imposait, parce que la durée des sessions est devenue, en fait, très longue..... Ce sont les *aggiornamenti* (ajournements), qui séparent ordinairement les différentes périodes législatives (1) ».

Cette évolution anglaise et italienne montre mieux que tout commentaire, les inconvénients du système que nous combattons.

Ainsi que nous le voyons, les effets de ce système tendent à se restreindre, en ce sens que celles des législations qui en admettent encore le principe,

---

(1) Ces renseignements nous sont communiqués par M. Miceli, professeur à l'Université de Palerme, dans une lettre du 3 septembre 1908.

celles même où il est le plus strictement appliqué,
en tempèrent peu à peu les rigueurs et s'achemi-
nent insensiblement vers le système français. Une
telle réforme peut s'opérer sans porter atteinte à la
prérogative royale, c'est au contraire la liberté
d'action des Chambres législatives qui est en jeu,
et cette liberté doit s'exercer pleine et entière dans
les limites du droit.

CONCLUSION

En étudiant successivement les divers éléments du droit de clôture, nous avons pu apprécier, tout à la fois, l'importance, l'utilité et l'opportunité de ce droit. Nous avons essayé d'en dégager les caractères propres, de les différencier de ceux de l'ajournement, de la prorogation ou de la dissolution. Mais ces moyens de suspendre la vie des Assemblées politiques sont si intimément liés les uns aux autres, qu'un mémoire consacré à l'un d'entre eux doit infailliblement se rapporter en de nombreuses matières aux trois autres. Il n'est pas superflu, croyons-nous, de nous attacher maintenant à faire ressortir ce qui constitue précisément l'utilité et l'opportunité de la clôture des sessions ; de rechercher comment le droit de clôture doit être exercé pour produire les meilleurs effets ; dans quelles circonstances on doit en faire usage. Nous pouvons et nous devons faire cette étude qui ne constituera pas une des moindres parties de ce travail. Nous le pouvons car l'examen précédent de toutes les questions se rapportant à la clôture, nous met à même d'apprécier, en connaissance de cause, cet incident de la vie parlementaire ; nous le devons, car une étude serait dénuée de toute raison d'être, si l'on n'essayait d'en déduire des conclusions générales.

I

Nous avons démontré l'incontestable supériorité de l'assemblée périodique sur l'assemblée permanente ; mais il est un point que nous n'avons fait qu'effleurer, bien qu'il rentre directement dans le cadre de cette étude, c'est celui de la durée des sessions. C'est là un point qui se rattache à l'utilité théorique du droit de clôture. Convient-il, en principe, que la clôture tarde indéfiniment ? La session parlementaire ne produira-t-elle des fruits que si elle est prolongée ?

Après avoir répondu à ces questions de doctrine, nous en examinerons le côté pratique.

Quand on repousse le principe de la permanence, il est logique de ne pas donner aux sessions une longueur démesurée, sans cela la périodicité n'existe plus que de nom. Mais si l'on préfère la périodicité à la permanence, c'est que la fécondité d'une session n'a aucun rapport avec sa durée. Une assemblée active, bien disciplinée, produit beaucoup plus en

une session courte, qu'en une session trop longue,
pendant laquelle la politique aura le temps de
s'introduire au sein de ses commissions et de ses
bureaux, et de contaminer toutes ses délibérations.

« Dès que la session est ouverte, écrit M. Eugène
Pierre, l'ardeur des partis s'éveille, et elle va gran-
dissant jusqu'à la clôture. Si cette clôture tardait
plus que de raison, les passions s'exaspèreraient au
point de troubler la marche des affaires publiques (1) ». D'autre part, en siégeant incessamment,
les Chambres encombrent leur ordre du jour d'une
foule de questions étrangères à leur mission : les
projets fondamentaux sont noyés dans des flots de
questions, d'interpellations, de propositions secondaires ; la session ordinaire ne suffit plus et le gouvernement, pour obtenir ses crédits, et forcé d'avoir
recours à une session extraordinaire : le budget est
voté en quelques semaines, et toutes les fibres de
l'administration se ressentent de cette incohérence.
La pratique française est à cet égard déplorable :
commencée au début de janvier, la session ordinaire
se termine dans les derniers jours de juillet, sans
que les Chambres aient pu prendre connaissance
du projet de budget ; une session extraordinaire est
ensuite ouverte dès le début d'octobre, et le ministère est fort heureux quand il n'a pas besoin de

(1) PIERRE : *Politique et Gouvernement*, 1896, p. 276.

solliciter des douzièmes provisoires. M. Pierre
Laffite a fait une critique plaisante de cette permanence néfaste. Il préconise tout d'abord la réduction
du nombre des députés, puis il ajoute : « Il y a une
seconde réforme complémentaire de celle-ci, c'est
la réduction de la durée des sessions. Il est vraiment
ridicule de vouloir légiférer à jet continu. Quand le
bon sens sera revenu à cet égard à la population
française, on en fera un sujet de vaudeville qui fera
bien rire nos successeurs. Il semble à entendre nos
législateurs qu'ils sont en mal continu d'accouche-
ment des plus hautes conceptions, qu'ils doivent, à
chaque législature, changer le système du monde :
ils l'annoncent toujours mais cela n'arrive jamais, et
la plaisanterie se continu devant la bonhommie
française. Il faut revenir, à cet égard, au bon sens
universel. Les lois fondamentales doivent être
suffisamment stables ; quant aux applications, le
gouvernement seul est vraiment compétent pour les
faire. En réduisant à quatre mois par exemple la
durée du fonctionnement législatif, on peut satis-
faire à tout ce qu'il y a de raisonnable à cet
égard (1) ». M. de Chaudondy fait la même constatation : « Les sessions se prolongent au-delà du
temps nécessaire ; elles maintiennent dans le pays

---

(1) Pierre LAFFITE : *Rev. occidentale*, 1er nov. 1888 : *La
révision de la Constitution*.

une agitation nuisible aux affaires (1). ». D'ailleurs, des Chambres quasi-permanentes sont fatalement amenées à s'entremettre dans tous les pouvoirs ; les actes administratifs purs, voire même les procédures judiciaires sont alors entachées d'une couleur politique, qui oblitère l'esprit de justice. Au contraire la session est-elle réduite ? Les Chambres se contentent alors de voter le budget et les lois fondamentales, elles le font en connaissance de cause et l'œuvre législative prospère.

Il importe donc en principe que la clôture intervienne promptement, ce sera le meilleur moyen d'obtenir une réduction dans la durée des sessions. Grâce à cette réduction on pourra substituer une activité féconde à la fébrilité stérile qui caractérise nos assemblées modernes. « Nous aurons le gouvernement parlementaire dans toute sa vérité, disait Léon Say, lorsque la Chambre des députés renoncera à l'espèce de permanence dans laquelle elle se complait aujourd'hui. Les sessions sont trop longues, elles fatiguent l'attention du pays, elles absorbent les facultés actives du gouvernement. La tâche de la Chambre des députés et d'exercer un contrôle sur ceux qui appliquent les lois et non pas de pourvoir elle-même à leur application (2) ». Par

---

(1) DE CHAUDONDY : *La France en 1889*, p. 88.
(2) Léon SAY : *Discours à l'Union libérale*, 20 mai 1889.

ailleurs, au point de vue pratique, il y a trois ordres de fait qui font ressortir l'utilité de la clôture : celle-ci est indispensable au Parlement, au gouvernement, à la nation.

Le Parlement est aujourd'hui le champ-clos des partis politiques : c'est une constatation regrettable, mais malheureusement trop évidente. Or cette lutte peut donner naissance à des rivalités extrêmes. « A certains moments l'excitation peut être telle et si grande, qu'elle rende matériellement impossible la continuation des travaux parlementaires. Elle pourrait même revêtir un caractère regrettable et offrir au public le honteux spectacle d'altercations ou de bagarres indécentes, de nature à jeter le discrédit sur des institutions qu'un pays libre doit avant tout vénérer et défendre (1) ». En de pareils cas, la clôture doit intervenir immédiatement, et dans l'intérêt du Parlement lui-même. Il est des moments où les passions atteignent leur paroxysme, où les assemblées ne sont plus maîtresses de leurs délibérations, et ne peuvent plus poursuivre leur tâche. Il importe que le pays ne souffre pas de cette situation.

Quant au gouvernement, la clôture est pour lui, l'unique moyen de conserver l'indépendance nécessaire à la marche des services administratifs. Il peut

(1) MICELI : Op. précit. p. 124.

arriver que les partis soient si morcellés, que la
lutte soit si ardente de part et d'autre, qu'un ministère ne puisse se maintenir, dès lors, il n'y aura
qu'un expédient capable de remédier instantané-
ment à cette situation fâcheuse, ce sera la clôture.
Sans doute, la clôture ne doit pas porter atteinte au
droit de contrôle des Chambres, mais il est une
chose encore bien plus essentielle à sauvegarder,
c'est la vie matérielle et morale de la nation, laquelle
dépend d'un gouvernement ferme et non asservi.

« Si la liberté gagne quelque chose à cette perpétuelle mise en question de l'existence des cabinets,
la stabilité, la constance de direction, la suite des
affaires peuvent y perdre ; et les ambitions incessamment excitées par les chances de succès, peuvent entraîner à leur suite des assemblées dont
elles exploitent les passions. La proie offerte à
l'esprit de parti en redouble d'ardeur et il est impossible de s'assurer que la Chambre des représentants,
soit par des résolutions téméraires, soit par une
résistance systématique, soit par des agressions
acharnées, ne finira pas par égarer la politique,
paralyser l'action du pouvoir et mettre en question,
l'existence même du gouvernement (1) ». Nous

(1) Exposé des motifs du projet de loi sur l'organisation
des pouvoirs publics, présenté à l'Assemblée nationale par
MM. Thiers, président de la République, et Dufaure, garde
des Sceaux. *Journal Officiel*, 20 mai 1873, p. 3208.

avons insisté sur cette question dans notre introduction, nous n'y reviendrons qu'en ce qui concerne l'intérêt général.

Que le gouvernement perde son prestige et son autorité, cette déchéance se produira toujours aux dépens de la nation. La nation est intéressée, surtout dans les pays centralisés, comme en France, à ce que le gouvernement assure perpétuellement la direction de ses services. Or, aux époques de fluctuation parlementaire, aux périodes de crise, la clôture doit intervenir « non comme une arme pour se débarrasser du Parlement..., mais comme un moyen de laisser de temps en temps le calme rentrer dans les esprits (1) ». Le pays se trouvera bien de cette trève apportée aux luttes politiques.

II

Pour que la clôture de la session puisse réaliser ce double but, d'une part activer l'œuvre législative en réduisant la session, d'autre part prévenir ou arrêter les conflits parlementaires, et les empêcher de rejaillir sur la nation, à qui convient-il d'en attribuer l'exercice ? Ce sera évidemment à celui des pouvoirs qui sera le mieux à même d'en apprécier l'opportunité. Pourra-t-on fixer le jour de la clôture

(1) PIERRE : Op. précit., p. 276.

par voie constitutionnelle ? Il serait difficile de concilier la régidité des textes avec les multiples variations de la vie politique. La loi ne statue que par voie générale, or la clôture, nous l'avons vu, est nécessaire dans une foule de cas particuliers. Il faut donc écarter le pouvoir constituant. Quant aux deux autres pouvoirs, le législatif et l'exécutif, il résulte de l'ensemble de notre étude pratique et théorique. que le droit de clôture est une prérogative de l'exécutif. Mais pour qu'il soit efficace, convient-il de le limiter comme on l'a fait dans un grand nombre de constitutions, et particulièrement en France ? Les nécessités budgétaires ne seraient-elles pas une barrière suffisante à l'abus de ce droit ?

Sans aller jusqu'au bout de cette thèse, il semble qu'en réduisant à trois mois la durée obligatoire de la session ordinaire, on protègerait suffisamment les droits du Parlement. Il faudrait arriver à faire du droit de clôture un droit aussi étendu et aussi complet que possible. C'est ainsi que le gouvernement pourrait en faire un usage utile. Tout en limitant ses effets à une simple interruption du travail, il faudrait y joindre l'impossibilité de se réunir sans convocation. Sans cela la clôture des sessions n'est plus qu'une formalité insignifiante, que les Chambres avancent ou reculent à leur gré. C'est malheureusement ce qui se passe en France. « Le président de la République prononce la clôture de la session », dit la loi constitutionnelle ; mais les Chambres doivent siéger cinq mois au moins, elles se réunissent de plein droit le second mardi de janvier et peuvent répondre à un décret de clôture par une demande de convocation qui ne saurait être refusée. Ces privilèges des Chambres affaiblissent d'autant plus le pouvoir exécutif, que dans notre pays, le droit de dissolution et d'un usage impossible : l'expérience de 1877 l'a complètement discrédité et lui a fait perdre son caractère. « D'ailleurs, comme le dit M. le duc de Broglie, on ne voit pas bien à quel moment, il (le Président) pourrait tirer utilement du fourreau, cette arme trop lourde pour son bras. Est-ce dans la première partie de sa présidence et tant qu'il n'a encore à faire qu'à la Chambre où prévaut le parti qui l'a élu ? Mais à quel propos la dissoudre, puisque étant son œuvre, il ne peut manquer de s'entendre avec elle ? Est-ce quand une élection nouvelle l'aura mis en présence d'une nouvelle assemblée, animée d'un esprit différent ? Mais à quoi bon faire alors appel au pays puisqu'il vient de parler, et pourquoi l'interroger de nouveau, quand il a répondu par avance ? (1) »

Ne pouvant jamais agir hors la présence du Parlement, le gouvernement tend de plus en plus à

_____

(1) Duc DE BROGLIE : *A propos de la discussion sur la révision constitutionnelle. Revue des Deux - Mondes :* 15 avril 1894.

s'identifier avec lui et à n'agir que par ses ordres :
c'est là le grand mal dont souffrent nos institutions.
Un ministère asservi par une majorité parlementaire, tel a été le résultat pratique des lois libérales
de 1875. Peu à peu la présidence de la République
voit disparaître toutes ses prérogatives, jusqu'au
jour où elle disparaitra elle-même, comme une
institution désormais inutile. Parallèlement, les
Chambres augmentent leur pouvoir de tout ce
qu'abandonne l'exécutif, si bien qu'insensiblement
le système de la permanence a remplacé la périodicité qu'avait voulu les auteurs de la Constitution.

Cela tient évidemment à la place qu'a pris le
Parlement dans la vie nationale, de telle sorte qu'on
ne considère plus la Chambre comme un pouvoir
de législation, mais aussi comme un pouvoir d'exécution. Certains jurisconsultes ont attribué ce
résultat, au fait que l'exécutif ne repose en France
sur aucune force sociale de nature à contrebalancer
l'omnipotence législative ; cela est vrai aussi. On
comprend mal le régime parlementaire, si à
l'influence de plus en plus considérable des Chambres électives, on n'oppose pas une force exécutive
capable de défendre les droits qu'elle tient de la
nature elle-même. En approfondissant cette idée,
on en arrive à se demander si le chef d'un Etat
parlementaire, pour jouir du prestige nécessaire à

l'accomplissement de ses fonctions, ne devrait pas puiser son autorité à la source de l'hérédité ou du suffrage universel. Ce sont là des déductions auxquelles conduisent, et la logique même des choses, et la pratique de trente-trois ans de République parlementaire.

Cependant, on se demande aussi, si en laissant plus de latitude au gouvernement, en lui permettant de fermer pour plus longtemps les portes des Chambres, on n'arriverait pas à corriger les vices de la pratique actuelle. Ce serait certainement là un moyen d'y parvenir, au moins partiellement. Le droit de clôture entre les mains du président de la République pourrait, à la rigueur, tenir lieu du droit de dissolution et rétablir, dans une faible mesure, un certain équilibre entre les pouvoirs. Quoi qu'il en soit, la France ne pratiquera le régime parlementaire qu'au moment où le gouvernement se sera affranchi du joug des assemblées : la Constitution ne leur attribue qu'un droit de contrôle sur l'exécutif, or, en fait, c'est une tutelle qu'elles exercent. « Plus encore qu'aucun texte de loi, lit-on dans l'exposé des motifs du projet Thiers et Dufaure sur l'organisation des pouvoirs publics, les habitudes et les besoins de la France obligent à concentrer dans les mains du premier magistrat des pouvoirs très étendus et très divers, qui sont localisés sans inconvénients dans d'autres pays.

Mais parmi nous, l'unité d'action du gouvernement est la condition du salut public (1) ».

Ce que nous disons de la France s'applique indifféremment à tous les Etats parlementaires ou représentatifs : le droit de clôture est une prérogative essentielle du pouvoir. Le chef de l'Etat qui l'abandonne, abandonne du même coup son autorité politique et renonce à toute influence sur la marche des affaires. L'exercice de ce droit fait partie intégrante du régime constitutionnel, mais pour en comprendre l'utilité et la nécessité, il faut avoir pratiqué longtemps les institutions libérales. L'expérience et l'éducation de l'électeur, tels sont aussi les éléments essentiels du régime populaire : les droits de l'exécutif paraissent des abus aux masses ignorantes, alors que le plus souvent, ils sont destinés à garantir la stabilité des institutions démocratiques. On s'est étonné de la merveilleuse prospérité du régime de l'Angleterre, et on en a cherché la raison dans des considérations sociales : c'est une erreur. Si le régime parlementaire est si fortement implanté dans le sol britannique, c'est qu'il a ses racines dans l'évolution des siècles et non dans la révolution d'un jour. « *Natura non facit saltum* » la nature répugne à tout changement brusque ; les institutions seront d'autant plus solides, qu'elles auront

(1) Projet Thiers et Dufaure, précit., p. 3208

mis plus de temps à se former, qu'elles seront entrées plus profondément dans la vie et dans les mœurs d'une nation.

De nos jours avec le développement qu'ont pris les assemblées législatives, il est du devoir de ceux qui ont conservé le culte de la liberté, de s'opposer à tout empiètement sur les droits de l'exécutif, d'aider celui-ci à conserver et à défendre ses prérogatives. Il faut tendre à l'harmonie complète des forces gouvernementales, car « pour qu'on ne puisse abuser du pouvoir, il faut que par la disposition des choses, le pouvoir arrête le pouvoir (1) ».

Veynes, 25 septembre 1908.

---

(1) MONTESQUIEU : *Esprit des lois*, livre XI, chap. VI.

TABLE DES MATIÈRES